BERND KÖSTERING

Düker ermittelt in Offenbach

POLIZISTENHERZ Günther Düker ist ein eigensinniger Bulle, liebenswürdig, präsent, korrekt – ein Polizist, der einem schnell ans Herz wächst. Im ersten Teil dieser Rätsel-Krimi-Sammlung erleben Sie Düker als Hauptkommissar und stellvertretenden Leiter des 2. Polizeireviers Offenbach. Im zweiten Teil ermittelt er als Pensionär, den sein Gerechtigkeitssinn nicht ruhen lässt. Dabei erweitert Düker seinen Wirkungsbereich auf den Kreis Offenbach, ermittelt zum Beispiel in Heusenstamm, Dietzenbach, Götzenhain, Mainflingen und Hainburg. Ohne seine Frau Helga wäre er allerdings bei so manchem Fall ziemlich aufgeschmissen. Und sie freut sich, ihrem Günther und seinem Polizistenherz helfend zur Seite stehen zu können. Begleiten Sie die beiden auf der Suche nach des Pudels Kern, nach den Tätern und ihren Motiven.

Bernd Köstering, geboren 1954 in Weimar, aufgewachsen in Gießen, ist ein Krimiautor der leisen Töne. Seine Romane und Kurzgeschichten zeigen ein feines Gespür für die Beweggründe der handelnden Menschen. Er entwickelte zusammen mit dem Gmeiner-Verlag das Genre des Literaturkrimis, in dem ein bekanntes Werk der Weltliteratur den jeweiligen Fall auslöst oder auflöst. Seine Goethekrimis um den Privatermittler Hendrik Wilmut haben unter Fans inzwischen Kultcharakter. Er veröffentlichte bisher fünf Romane, zahlreiche Kurzgeschichten und Krimirätsel. Besuchen Sie den Autor unter www.literaturkrimi.de

Bisherige Veröffentlichungen im Gmeiner-Verlag:
Mörderisches Oberhessen (2017)
Düker ermittelt in Offenbach (2016)
Falkenspur (2016)
Falkensturz (2014)
Von Bänken und Banken in Frankfurt am Main (2013)
Goethesturm (2012)
Goetheglut (2011)
Goetheruh (2010)

BERND KÖSTERING

Düker ermittelt in Offenbach

30 Rätsel-Krimis

GMEINER SPANNUNG

Personen und Handlung sind frei erfunden.
Ähnlichkeiten mit lebenden oder toten Personen
sind rein zufällig und nicht beabsichtigt.

Besuchen Sie uns im Internet:
www.gmeiner-verlag.de

Im Ehnried 5, 88605 Meßkirch
Telefon 07575/2095-0
info@gmeiner-verlag.de

3. Auflage 2018

Lektorat: Katja Ernst
Herstellung: Julia Franze
Umschlaggestaltung: U.O.R.G. Lutz Eberle, Stuttgart
unter Verwendung eines Fotos von: © fuzzbones / Fotolia.com
Druck: CPI books GmbH, Leck
Printed in Germany
ISBN 978-3-8392-1971-3

TEIL 1

Günther Düker ist ein Polizist, der einem schnell ans Herz wächst, ein eigensinniger Bulle, liebenswürdig, präsent, korrekt. Im ersten Teil dieses Rätsel-Krimi-Bandes erleben Sie ihn als Polizeihauptkommissar und stellvertretenden Leiter des 2. Polizeireviers Offenbach. Teils rühmliche, teils unrühmliche Rollen spielen dabei seine Lieblingskollegin Bettina Blum, seine jungen Kollegen Thomas Hirzenhain und Niels Conrad sowie sein scheidender Revierleiter Heribert Müller und dessen Nachfolger Polizeirat Lung. Auch Dükers Frau Helga ist – nicht immer zu seiner Freude – an manchem Fall beteiligt.

1. FUNDSACHE

Polizeihauptkommissar Günther Düker vom 2. Polizeirevier Offenbach schüttelte den Kopf. »Wie kann man nur 10.000 Euro auf dem Wochenmarkt verlieren?«

Sein Kollege Thomas Hirzenhain nickte. »Wirklich seltsam. Und noch erstaunlicher finde ich, dass der ehrliche Finder das Geldpäckchen bei uns abgegeben hat. Einfach so, in Zeitungspapier eingewickelt. Trotz intensiver Befragung der Anwohner rund um den Wilhelmsplatz gibt es keine Spur von dem Eigentümer. So etwas habe ich in meiner gesamten Dienstzeit noch nicht erlebt!«

Düker lachte auf. »In deiner gesamten einjährigen Dienstzeit, was für ein Wunder. Aber auch ich mit meinen 28 Dienstjahren habe das noch nicht erlebt.«

»Na ja, Günni, du bist eben ein Fossil, also … Entschuldigung, ein fossiles Element der Offenbacher Polizei.«

»Hör bloß auf, du machst es nur noch schlimmer.«

Im selben Moment hörten sie laute Stimmen, vorn am Ausgang des Reviers zur Berliner Straße. Es klang nach einem Tumult.

Günther Düker öffnete die Bürotür. »Was ist hier los?«

Eine ältere Frau kam auf ihn zu. »Das Geld gehört mir, es ist für eine Kreuzfahrt, die haben wir uns so sehr gewünscht, und jetzt …«

»Liebe Frau, beruhigen Sie sich …«

»Ich soll mich beruhigen? Ihre Leute geben mir ja nicht …«

»Stopp!«, rief Düker und trat in den Flur hinaus. »Sie sind jetzt bitte still! Zuerst trinken Sie ein Glas Wasser und dann begleiten Sie mich in mein Büro, aber leise! Da bekommt man ja einen Tinnitus.«

Er gab seinem Kollegen einen Wink und flüsterte ihm zu. »Thomas, du lässt das Geldpäckchen erst einmal verschwinden und ich befrage sie.«

Hirzenhain nickte und steckte die in Zeitungspapier eingewickelten Scheine unter seine Uniformjacke.

»Kommen Sie herein und nehmen Sie Platz, Frau ...«

»Mollenhauer.«

»Gut, Frau Mollenhauer, wie viel Geld haben Sie denn verloren?«, fragte der Polizeihauptkommissar.

»10.000 Euro, Herr Wachtmeister!«

Hirzenhain prustete los.

»Da gibt es gar nichts zu lachen, junger Mann!«, sagte Frau Mollenhauer streng. »Wenn Sie 74 Lebensjahre hinter sich hätten, davon 45 Jahre in der Fabrik, und jetzt schlecht zu Fuß wären, da würden Sie sich auch auf eine Kreuzfahrt freuen.«

»Ja sicher, Frau Mollenhauer«, antwortete Thomas Hirzenhain mit gerötetem Gesicht. »Aber warum tragen Sie denn so viel Bargeld mit sich herum, statt es zu überweisen?«

»Sie stellen vielleicht komische Fragen, das war in der Spardose, über viele Jahre, und jetzt habe ich es herausgeholt!«

Düker kannte die Eigenheiten älterer Menschen in Bezug auf ihre Ersparnisse. »Und wo haben Sie das Geld verloren?«

»Auf dem Wochenmarkt, mitten im Gewühl. Ich dachte

zuerst, jemand hätte es mir gestohlen, aber ich habe es wohl verloren. Und nun ist es wieder da, ich bin ja so froh!«

»Wie hatten Sie das Geld denn verpackt?«

»Ach, das weiß ich nicht mehr genau, ist ja über eine Woche her, mein Gedächtnis …«

»War es eingewickelt?«, fragte Thomas Hirzenhain.

Günther Düker warf ihm einen ärgerlichen Blick zu.

»Ja, ja, eingewickelt«, sagte die Frau, »ich glaube in … Papier?«

Hirzenhain holte das Päckchen unter seiner Jacke hervor. »In Zeitungspapier?«

»Ja, genau, das ist mein Geld, wie schön, es ist wieder da!« Sie stand auf.

»Halt!«, rief der Polizeihauptkommissar. »So einfach geht das nicht. Thomas, du gehst jetzt raus und äh … holst uns einen Kaffee, und Frau Mollenhauer, Sie setzen sich bitte wieder hin!«

Er nahm dem verdutzten Kollegen das Geldpäckchen aus der Hand und verstaute es in seiner Schreibtischschublade. Frau Mollenhauer sah den Scheinen sehnsüchtig hinterher. Als Thomas Hirzenhain die Tür geschlossen hatte, begann Günther Düker erneut: »Frau Mollenhauer, Sie haben gerade ausgesagt, dass es über eine Woche her ist, seit Sie das Geld verloren haben. Also: Wann genau war das?«

»Ach, Herr Wachtmeister …«

»Meine Güte, ich bin kein Wachtmeister«, rief Düker, »ich bin Polizeihauptkommissar. Sagen Sie *bitte* einfach Herr Düker zu mir!«

Die Frau sah ihn erstaunt an. »Du liebe Zeit, dass Ihnen das so an die Nieren geht, hätte ich nicht gedacht, Herr Düker.«

»Entschuldigung, also wann war das?«

»Na ja, mein Gedächtnis, Sie wissen schon, heute ist ... Was ist heute?«

»Montag. Frau Mollenhauer, bitte nehmen Sie sich zusammen, Sie sind schließlich noch keine alte Frau, oder?«

»Na hören Sie mal, natürlich nicht. Ach ja, jetzt fällt es mir wieder ein. Ich gehe eigentlich jeden Freitag auf den Markt, aber gestern war Weißer Sonntag, da haben wir die Kommunion meiner Enkelin gefeiert, ein großes Fest, sehr schön, mit über 50 Gästen und ... na ja, wegen der Vorbereitung kam ich nicht dazu, am vergangenen Freitag auf den Markt zu gehen, also war es der Freitag zuvor.«

»Gut, und wo genau haben Sie eingekauft, bei welchen Ständen?«

»Bei dem großen Gemüsestand vorne am Markthäuschen. Es gab schon Erdbeeren, die isst mein Mann so gerne, zwei Schalen habe ich gekauft, die kamen aus Chile. Salat auch noch ... und Äpfel.«

»Wie viele Äpfel?«

»Fünf Stück, Goldparmäne, die sind schön süß.«

Die Tür ging auf und Thomas Hirzenhain erschien mit drei Kaffeebechern. »So, Frau Mollenhauer, hier ist Ihr Kaffee!«

»Oh, vielen Dank, junger Mann, das tut gut. Nach dem Kaffee gehe ich dann nach Hause.« Sie lächelte. »Mit meinem Geld.«

»Nein«, sagte Düker und erhob sich. »So leid es mir tut, aber Sie gehen nicht nach Hause, und schon gar nicht mit dem Geld. Sie sind eine Betrügerin!«

»Aber Herr Wachtmeister!«

Woher weiß Günther Düker, dass Frau Mollenhauer lügt?

Lösung: 1. Rätsel-Krimi

Als »Weißer Sonntag« wird der Sonntag nach Ostern bezeichnet. Der Freitag der Woche zuvor ist also Karfreitag, und da findet kein Wochenmarkt statt.

2. EMIL NOLDE UND DER FRIEDEN

Polizeihauptkommissar Günther Düker hatte wieder einmal Wochenenddienst. Er saß am Schreibtisch und war damit beschäftigt, auszurechnen, wie viele Wochenenden er in seinen 28 Dienstjahren wohl bereits gearbeitet hatte, als die Bürotür aufflog. Seine Kollegin Bettina Blum stürmte herein. »Günni, auf dem Flohmarkt am Mainufer gibt es Ärger. Drei Leute streiten sich um ein Gemälde, angeblich von einem gewissen Nolde. Keine Ahnung, wer das ist, wir müssen jedenfalls hin!«

Düker nickte. »Geht klar, du fährst mit Thomas rüber, ich schaue nach, was ich über diesen Nolde finde.«

Schon hatte er die Worte »Nolde« und »Maler« in eine Internetsuchmaschine eingegeben. Als erster Treffer tauchte die Homepage des Malerbetriebs Nolde in Bottrop auf, dann der Wikipediaeintrag über einen gewissen Emil Nolde, geboren 1867, gestorben 1956, Mitglied der Künstlergruppe »Brücke«, Schwerpunkt Aquarelle mit kräftigen Farben.

Bettina stand abwartend in der Tür.

»Ist noch was?«, fragte Düker.

»Na ja, wegen Thomas, er ist erst seit einem Jahr im Streifendienst, und dieses Bild … Es ist vielleicht wertvoll, zufällig auf dem Flohmarkt gefunden, hat es ja schon gegeben. Also mir wäre es lieber, *du* würdest mitfahren.«

Günther Düker nickte, nahm seine Uniformjacke von der Stuhllehne und folgte seiner Kollegin. Als sie an Hirzenhains Schreibtisch vorbeikamen, sagte Düker: »Thomas, ich fahre mit Bettina zum Flohmarkt, du hältst hier bitte die Stellung!«

Das Erstaunen in Thomas Hirzenhains Augen war deutlich zu bemerken.

»Eine knifflige Sache, es geht um Künstler«, ergänzte der Polizeihauptkommissar. »Wir bringen frische Brötchen mit, setz schon mal Kaffee auf, du machst den besten im Revier. Ach, und ruf bitte Hans-Georg an … also Herrn Ruppel, du weißt schon, unseren ehemaligen Stadtarchivar, ich brauch ihn dringend auf dem Flohmarkt. Bis später.«

Sie meldeten sich in der Wache beim Dienstgruppenleiter ab. Bettina hielt den Autoschlüssel hoch. »Signalfahrt?«

Düker nickte. Er hatte zwar keine besondere Lust auf eine rasante Fahrt, aber die aktuelle Lage ließ keine andere Entscheidung zu. Seine Kollegin schaltete das Blaulicht ein, und sie rauschten die Berliner Straße hinunter. Die Kreuzung mit der Kaiserstraße war voller Autos, kaum ein Durchkommen. Bettina schaltete das Martinshorn ein, alle stoben auseinander, elegant lenkte sie den Streifenwagen hindurch, bog links ab und brauste in Richtung Main. Günther Düker kam sich vor wie in einem Karussell auf der Dippemess.

Der Tumult war schon von Weitem zu sehen, ein Pulk von Neugierigen hatte sich gebildet, die sich bis auf die Mainstraße drängten. Düker wies Bettina an, die mainseitige Fahrspur abzusperren, um Unfällen vorzubeugen. Dann kämpften sie sich zu dem Verkaufsstand durch, der das Zentrum des Geschehens bildete. Trotz Dükers stattlicher Figur war das schwierig. »Platz, bitte machen Sie Platz, Polizei!« Ein Stimmengewirr war die Antwort.

»Ruhe bitte!«, brüllte Düker. Seine sonore Stimme tat ihre Wirkung. »Wo ist das Bild?«

Ein grauhaariger Mann im zerschlissenen Mantel zeigte auf einen in Papier eingeschlagenen Gegenstand, der vor ihm auf dem Tisch lag. Etwa 50 mal 50 Zentimeter. »Hier!«, sagte er.

»Sind Sie der Besitzer?«

»Ja.«

»Und Sie wollen es verkaufen?«

»Genau. Für 30 Euro, hat ja schließlich einen schönen Rahmen.«

»Wer wollte es denn kaufen?«

Ein Mann, höchstens 30, in einem hellen Trenchcoat hob die Hand.

»Wegen des schönen Rahmens?«

»Genau«, antwortete der Trenchcoat.

Bettina Blum nahm die Personalien der beiden Männer auf.

»Und Sie?«, fragte Düker in Richtung einer Frau, die unentwegt auf das verpackte Bild starrte.

»Ich, äh, ich heiße Menzinger, Jutta Menzinger, aus Bürgel. Ich bin Kunstsammlerin.«

»Und?«, fragte Günther Düker.

»Na ja, ich bekam mit, dass der Herr dort«, sie zeigte auf den grauhaarigen Standinhaber, »dieses Bild verkaufen wollte, für 30 Euro. Sieht aus wie ein echter Nolde! Das geht doch nicht, der gehört in ein Museum, ins Städel zum Beispiel.«

»Und Sie meinen, das Bild ist echt?«

»Ziemlich sicher. Diese kräftigen Aquarellfarben, seine Signatur mit der Jahreszahl 1928, ein typischer Nolde. Das

Bild zeigt seinen Garten am Haus Seebüll, wo er zuletzt wohnte. Die Blumenrabatten wurden so angelegt, dass sie die Buchstaben E und A bildeten: Emil und Ada, sein eigener Vorname und der seiner ersten Frau. Mitten hinein hat Nolde 21 strahlend weiße Rosen gemalt, für jedes Friedensjahr zwischen den beiden Weltkriegen eine Rose. Symbolisch, verstehen Sie? Deshalb der Titel ›21 Jahre Frieden‹, steht hinten drauf. Ein wunderschönes Bild. Wollen Sie es sehen?«

»Hallo, Günther!«, ertönte in diesem Moment eine Stimme aus dem Hintergrund.

Düker drehte sich um. »Hans-Georg, gut, dass du kommst!« Freundschaftlich legte er Hans-Georg Ruppel seine Hand auf die Schulter.

»Ich habe gehört, was die Dame erzählt hat«, sagte Ruppel. »Wann soll das Bild gemalt worden sein?«

»1928«, antwortete Jutta Menzinger.

»Gut, danke. Dann kann ich Ihnen sofort sagen, dass es sich um eine Fälschung handelt.«

Frau Menzinger blieb der Mund offen stehen. »Das sagen Sie einfach so, ohne das Bild überhaupt gesehen zu haben?«

»Richtig«, antwortete Ruppel. Und leise raunte er Düker zu: »Das war ja einfach, hättest du eigentlich selbst herausfinden können!«

Günther Düker sah seinen Freund Ruppel an, als sei dieser ein Außerirdischer.

Wie kommt Hans-Georg Ruppel darauf, dass es sich um eine Fälschung handelt, ohne das Bild gesehen zu haben?

Emil Nolde konnte 1928 noch nicht gewusst haben, dass 1939 der zweite Weltkrieg ausbrechen würde, somit genau 21 Jahre Frieden herrschen würde. Die sonstigen Fakten, die Frau Menzinger zu Emil Nolde berichtete, sind alle korrekt. Auch der E&A-Garten am Haus Seebüll existierte tatsächlich.

Lösung: 2. Rätsel-Krimi

3. DER FALSCHE ERBE

Polizeihauptkommissar Günther Düker vom 2. Polizeirevier Offenbach wuchtete seine kräftige Gestalt in den Streifenwagen. »Fahr los!«

Sein Kollegen Thomas Hirzenhain nickte, während er sich vorsichtig in den Verkehr auf der Berliner Straße ein fädelte. »Mittelseestraße 3?«

»Genau. Der Notar heißt Friedrich Nölker. Die zwei angeblichen Enkel sitzen noch bei ihm. Die werden auch nicht abhauen, wollen ja erben.«

Hirzenhain schüttelte den Kopf. »Unglaublich! Was sind das eigentlich für Typen?«

»Beide behaupten, Physiklehrer zu sein.«

»Ah, Physik. Eins meiner Lieblingsfächer in der Schule.«

Düker sah seinen Kollegen misstrauisch von der Seite an. »Pass auf, dass du mir nicht unsympathisch wirst!«

Thomas Hirzenhain grinste. Zehn Minuten später hielt er vor dem Haus des Notars. Nölker begrüßte die Polizisten und bat sie in sein Büro, während die angeblichen Erben im Nebenzimmer warteten.

»Also«, begann der Notar, »ich habe ein Testament vorliegen, von Gerhard Hubschmidt persönlich unterschrieben. Das war vor zehn Jahren. Mein Kollege hat das gemacht, hier in unserer Kanzlei, er ist inzwischen im Ruhestand. Gemäß Protokoll war der Enkel zugegen, aber ich kenne ihn nicht persönlich, kann ihn deswegen auch nicht identifizieren. Er ist inzwischen nach Australien ausgewandert, es hat lange gedauert, ihn aufzuspüren. Und jetzt das hier: Beide anwesenden Männer haben einen Personalausweis auf den Namen Oliver Paul Hubschmidt. Ich bin schon lange Notar, aber so etwas habe ich noch nie erlebt!«

Günther Düker versuchte, ihn zu beruhigen. »Gut, dass Sie uns angerufen haben, Herr Nölker, wir werden das klären. Können Sie mir bitte sagen, um welchen Betrag es geht, ich meine, lohnt sich das Erbe überhaupt?«

»Sie wissen, dass ich Ihnen das nicht offenlegen muss …«, sagte Friedrich Nölker unsicher.

»Ja, das stimmt. Allerdings sind Sie verpflichtet, das Erbe an den richtigen Enkel zu vermitteln, und die ungefähre Beantwortung meiner Frage würde erheblich dazu beitragen.«

Der Notar nickte. »Na gut, ich möchte es so formulieren: Wenn ich alles zusammenrechne, die Immobilien von Gerhard Hubschmidt in Dietzenbach und Obertshausen, seine Depots und Aktienwerte, dann müssten Sie dafür bei Günther Jauch alle Fragen richtig beantworten.«

»Puh!«, machte der Polizeihauptkommissar. »Das lohnt sich allerdings.«

Als sie in das Nebenzimmer eintraten, erhoben sich zwei Männer, beide Mitte 20, beide blond, beide mit Brille. Düker musterte sie genau, es dauerte eine Weile, bis er sich einen optischen Unterschied einprägen konnte. Der eine hatte jede Menge Sommersprossen im Gesicht, der andere hatte eine glatte, ebenmäßige Haut, auf die so manche Frau stolz wäre.

»Wie heißen Sie?«, fragte Düker den Sprossentyp.

»Oliver Paul Hubschmidt.«

»Ihren Personalausweis bitte.«

Weder Günther Düker noch Thomas Hirzenhain konnten etwas Auffälliges an dem Ausweis erkennen.

»Und Sie, wie heißen Sie?«, fragte Günther Düker den Glatten.

»Oliver Hubschmidt.«

»Ohne Paul?«

»Nein, mit Paul. Mein Vater fand das toll, die Kombination Paul Hubschmidt, wie der Schauspieler. Ich habe meinen Zweitnamen immer gehasst.«

Sein Personalausweis schien ebenfalls in Ordnung zu sein.

»Gut, ich werde Sie jetzt einzeln vernehmen«, sagte Düker. Er zeigte auf das Sommersprossengesicht. »Warten Sie bitte auf dem Flur.«

Der Glatte setzte sich auf einen der Besucherstühle.

»Ihren Lebenslauf in Kurzform bitte!«, sagte der Polizeihauptkommissar.

Der Mann schnaufte genervt. »Also gut, ich wurde in Offenbach geboren, am 8. April 1984, meine Eltern ließen sich scheiden, als ich 21 war, mitten im Studium, ich hab's aber durchgezogen. Danach hatte ich genug von all dem hier, meine Mutter hat mich total gestresst, das Schulamt wollte mich als Lehrer nach Bebra versetzen, stellen Sie sich vor, nach Bebra! Hessisch Sibirien! Da bin ich zu meinem Vater nach Australien gegangen. Was blieb mir sonst übrig?«

»Aha …«, setzte Thomas Hirzenhain an, doch Günther Düker unterbrach ihn sofort. »Wann genau sind Sie nach Australien ausgewandert?«

»Im August 2007.«

»Und, wie lief's in Australien?«, fragte Hirzenhain.

Düker winkte ab, er konnte es nicht leiden, wenn seine Vernehmung unterbrochen wurde. »Also, Herr Hubschmidt«, übernahm er wieder, »wie lief es in Australien?«

Der Mann mit der glatten Haut sah interessiert zwischen den Polizisten hin und her und grinste. »Die Gravitationskräfte zwischen Ihnen beiden sind ja interessant!«

»Reden Sie keinen Unsinn«, erwiderte Günther Düker, »Gravitationskräfte gibt es grundsätzlich nur zwischen Planeten, das weiß ja sogar ich. Also, was haben Sie in Australien gemacht?«

Der Angesprochene hob die Schultern. »Es lief nicht besonders gut, ich hatte einige Hilfsjobs auf dem Bau, kam mir vor wie in einer verdammten Sträflingskolonie. Später bekam ich einen Job als Privatlehrer, mein Vater hat mir den vermittelt, er war cool.«

»War?«

»Ja, er ist letztes Jahr gestorben. Krebs.«

»Oh, das tut mir leid. Und Ihre Mutter?«

»Zu der habe ich keinen Kontakt mehr, sie war stinksauer, als ich weg bin.«

»Danke, das war's vorläufig. Bitte warten Sie nebenan und schicken Sie Ihren … Zwilling rein.«

»Zwilling!«, brummte der Glatte im Hinausgehen. »Ein Verbrecher ist er.«

Der Sommersprossenmann erschien und setzte sich mit geradem Rücken auf denselben Stuhl, auf dem sein Kontrahent vorher gesessen hatte. Auch ihn forderte Günther Düker auf, seinen Lebenslauf in Kurzform darzulegen.

»Ich wurde am 8. April 1984 im Stadtkrankenhaus Offenbach geboren, ging auf die Schillerschule, habe dann an der Uni Frankfurt Physik studiert. Mitten im Studium ließen sich meine Eltern scheiden, mein Vater ging nach Australien, als ich fertig war, bin ich ihm gefolgt.«

»Warum?«, fragte Düker.

»Na ja, weil Australien ein tolles Land ist, ich wollte schon immer dorthin.«

»Aha, jetzt wird's spannend!«, meinte der Polizeihauptkommissar.

»Richtig!«, warf Hirzenhain ein, bevor Düker ihn stoppen konnte. »Denn je höher die Spannung, desto höher auch der Strom der Erkenntnis, der einen Menschen durchfließt. Vorausgesetzt, der Widerstand bleibt gleich.«

Der Sprossentyp sah ihn an. »Nun, Ihre Analogie zum Faraday'schen Gesetz ist ja recht lustig, aber noch sitze ich nicht im Käfig und habe das auch nicht vor!«

»Hören Sie auf mit dem Gefasel«, ging Düker dazwischen. »Wann genau sind Sie nach Australien gegangen?«

»Am 22. August 2007.«

»Wie war's dort?«

»Mein Vater hat mir geholfen. Leider ist er letztes Jahr an Krebs gestorben, sodass ich mich nun allein durchschlagen muss, ist aber kein Problem. Ich habe jetzt eine Anstellung als Lehrer.«

»Danke, Herr Hubschmidt. Kommen Sie bitte mit.«

Kurz darauf waren alle wieder versammelt.

»Den Hochstapler kriegen wir schon«, schimpfte Günther Düker. »Wir werden die Personalausweise genau untersuchen lassen, einer muss ja eine Fälschung sein.«

»Das ist nicht notwendig«, sagte Thomas Hirzenhain und blickte triumphierend in die Runde. »Ich weiß, wer der Hochstapler ist!«

Wer ist der Hochstapler, der Mann mit den Sommersprossen oder derjenige mit der glatten Haut?

Der Sommersprossen-Mann ist der Hochstapler. Der Zusammenhang zwischen elektrischer Spannung, Strom und Widerstand wird vom Ohm'schen Gesetz beschrieben, nicht vom Faraday'schen Gesetz. Einem Physiklehrer wäre dieser elementare Fehler niemals unterlaufen.
Der echte Oliver Paul Hubschmidt, also der Glatte, nimmt kein Blatt vor den Mund, ihm kann ja nichts passieren. Seine Aussagen zur Gravitationskraft sind korrekt. Sie wirkt zwischen allen Körpern, kommt aber bei der relativ geringen Massendifferenz zweier Menschen und so nahe an der vergleichsweise riesigen Erdmasse praktisch nicht zur Wirkung. Düker war da auf dem Holzweg.
Der Hochstapler, also der Sommersprossenmann, versucht, sich möglichst korrekt zu verhalten und berichtet viele Details, die wie auswendig gelernt klingen. Im Übrigen hat er sich optisch recht gut an den echten Enkel angepasst, nur seine Sommersprossen konnte er natürlich nicht entfernen. Er weiß, dass der jetzige Notar ihn nicht kennt, die Mutter nicht anwesend sein wird und der Vater tot ist. Er kann jedoch nicht wissen, dass der echte Oliver Paul Hubschmidt seinen eigenen Zweitnamen hasst. Und er behauptet fälschlicherweise, in Australien sei es gut gelaufen, um den Verdacht zu vermeiden, er brauche Geld.

4. NIKOLAUSI

Es war kurz nach 20 Uhr an einem kalten Dezemberabend, als Polizeihauptkommissar Günther Düker sein Büro verließ. Er schaute noch routinemäßig in der Wache vorbei, um dort nach dem Rechten sehen. Düker merkte sofort, dass etwas Ungewöhnliches passiert war. Der Dienstgruppenleiter stand an seinem Stehpult und telefonierte, während er hochkonzentriert auf einen Monitor sah. Er sprach routiniert, aber mit einer gewissen Anspannung. Seine Kollegin, die den Funkverkehr koordinierte, dirigierte mehrere Streifenwagen in die Waldstraße.

»Chef, Überfall auf eine Tankstelle …«, rief sie Günther Düker zu. »Bettina und Thomas sind schon dort, ich habe Verstärkung hingeschickt.«

»Verdammt, bereits der vierte Überfall«, brummte Düker vor sich hin.

Der Dienstgruppenleiter hatte inzwischen aufgelegt. »Ich habe mit dem Angestellten gesprochen, er war heute Abend allein in der Tankstelle, seine Kollegin ist krank. Und wieder war es dieser … Nikolausi.«

Günther Düker nickte. »Ein als Nikolaus verkleideter Mann, der sich ruhig und höflich als Nikolausi vorstellt und mit vorgehaltener Pistole das Geld aus der Kasse fordert. So steht es in den Akten. Hast du die Kollegen vom Kriminaldauerdienst informiert?«

»Ja, der KDD ist unterwegs.«

»Die Waldstraße liegt auf meinem Heimweg, ich schau

mir das mal an, langsam nervt mich der Kerl. Guten Dienst noch!« Damit schloss der Polizeihauptkommissar die Tür, nahm den Hinterausgang und stieg in sein Auto.

Zehn Minuten später stellte er den Wagen auf dem Parkplatz vor der Offenbacher Stadthalle ab und stieg aus. »Lausig kalt heute«, murmelte er vor sich hin. Wenn Günther Düker schlecht gelaunt war, neigte er zu Selbstgesprächen. Seine Frau Helga hatte ihm das schon oft zum Vorwurf gemacht.

Er wünschte sich, seine miese Laune auf dem Heimweg nach Heusenstamm einfach in den Straßengraben werfen zu können. Aber als Polizist musste er auch in Sachen Umweltschutz ein Vorbild sein. Er zog seine blaue Thermojacke an und schlug den Kragen hoch.

Rund um das Tankstellengelände flatterte ein Absperrband, im Verkaufsraum tummelten sich Uniformierte. Als er gerade eintreten wollte, flog die Tür auf, Thomas Hirzenhain stürzte heraus und stieß ihm die Tür vor die Nase. »Oh, Verzeihung, Günni, ich habe dich gar nicht gesehen!«

»Typisch Thomas«, brummte er und rieb sich die schmerzende Nase.

»Chef!«, rief Bettina Blum von innen. »Gut, dass du kommst, Herr Blinkenstein möchte eine Aussage machen.«

Günther Düker überlegte noch, ob er auf die Kollegen des KDD warten sollte, entschloss sich dann aber, die Sache selbst in die Hand zu nehmen. Seine Müdigkeit war wie weggeblasen. Zunächst hängte er seine Jacke an einen Haken und sah sich im Verkaufsraum um. Eine Theke mit belegten Brötchen, ein Kaffeeautomat, daneben eine große Wand mit Zigaretten aller Marken, bunt wie ein modernes Kunstwerk, davor die Kasse mit offener

Schublade – leer. Mehrere Kühltheken mit Eis, Getränken und Süßigkeiten. Zubehörteile für Autos waren in der Minderzahl gegenüber Cola, Chips und Co. Vor dem Durchgang zu den Toiletten stand ein etwa 40-jähriger Mann mit wirrem Haar.

»Herr Blinkenstein?«

»Ja, das bin ich.«

»Es tut mir leid, was passiert ist«, sagte Düker. »Bitte beschreiben Sie mir genau den ganzen Vorgang!«

Der Tankstellenmann knetete nervös seine Finger. »Na ja, ich hab' gerade das Regal dort eingeräumt, da kam der Typ reingestürmt und stieß mir dabei die Tür in den Rücken. Das hat ganz schön wehgetan …« Er rieb sich die Nierengegend. »Ich war so überrumpelt, dass ich gar nicht reagieren konnte. Dann hielt er mir die Pistole vor die Nase …«

»Kam er hier herein?«, fragte Günther Düker und zeigt auf die Tür, durch die er selbst eingetreten war.

»Ja, genau.« Blinkenstein fuchtelte aufgeregt mit den Händen herum. »Dann zwang er mich, dort rüber zu gehen zur Kasse, und ich musste ihm das Geld aushändigen. Er steckte es in eine Tüte und verschwand, das Ganze hat nur ein paar Minuten gedauert.«

»Was hat er gesagt?«

»Ich bin Nikolausi, Geld her, aber flott!«

»Wie ist er entkommen? Zu Fuß oder mit einem Auto?«

»Mit einem Auto, schwarz, ich glaube, ein Golf.«

»Kennzeichen?«

»F… mehr konnte ich nicht erkennen.«

»So, so, also ein schwarzer Golf mit Frankfurter Kennzeichen«, sagte Düker.

In diesem Moment stellte sich sein Kripokollege neben ihn. »'n Abend, Günther. Ich höre, es handelt sich um einen schwarzen Golf mit Frankfurter Kennzeichen, den gebe ich besonders gern zur Fahndung raus …«

»Nicht nötig!«, unterbrach ihn Düker. »Die Mühe kannst du dir sparen. Es gab keinen Überfall.«

Der Tankstellenmann riss die Augen auf.

»Die Geschichte von Herrn Blinkenstein ist erfunden«, fuhr der Polizeihauptkommissar ungerührt fort. »Wahrscheinlich hat er das Geld selbst aus der Kasse genommen!«

»Sie sind wohl …!«

»Vorsicht! Sonst kommt zu Betrug und Vortäuschung einer Straftat auch noch Beamtenbeleidigung hinzu. Haben Sie ein Auto?«

»Ich?«

»Ja, Sie!« brüllte Düker. »Mit wem rede ich denn die ganze Zeit? Wo ist es?«

Blinkenstein zeigte stumm durch die Scheibe auf ein Fahrzeug, das neben der Waschanlage stand.

»Ich wette, dass wir darin das Geld finden, was meinen Sie?«

Blinkenstein sah beschämt zu Boden und nickte. Bettina Blum ließ sich den Autoschlüssel aushändigen und ging nach draußen, um Blinkensteins Fahrzeug zu durchsuchen. Nach kurzer Zeit hielt sie ein Geldbündel in die Höhe.

»Thomas, abführen!«, rief Düker. Dann zog er seine blaue Thermojacke wieder an. »Ich hab' Feierabend.«

Als er unter den bewundernden Blicken seiner Kollegen die Tankstelle verließ, war er gutgelaunt und freute sich auf zu Hause. Vielleicht kam noch ein später »Tatort« in einem der dritten Fernsehprogramme. Und über Umweltverschmutzung musste er sich auch keine Gedanken mehr machen.

Welches Indiz führt Günther Düker auf die richtige Spur?

Lösung: 4. Rätsel-Krimi

Herr Blinkenstein bestätigte, dass der angebliche Nikolausi durch dieselbe Tür gekommen war wie Düker selbst. Diese geht nach außen auf, was Düker schmerzhaft erfahren musste, als Thomas ihm die Tür gegen die Nase schlug. Also kann der angebliche Nikolausi dieselbe Tür Blinkenstein im Innenraum nicht in den Rücken gestoßen haben.
Zweites Indiz: Bei den bisherigen drei Überfällen hat sich Nikolausi höflich verhalten und in keiner Weise roh agiert. Dies steht im Gegensatz zu Blinkensteins Beschreibung.

5. PAUL MCCARTNEYS FREUND

Polizeikommissar Thomas Hirzenhain fuhr im Streifenwagen durch den Ortskern von Nieder-Roden. Neben ihm saß seine Kollegin Sandra Benz, die eine dünne Mappe mit der Aufschrift »Messerstecherei Rödermark 1. Januar« in der Hand hielt.

Jeder der beiden hing seinen Gedanken nach. Thomas dachte zurück an den Tag Mitte Dezember, an dem ihm sein damaliger Chef Günther Düker vom 2. Polizeirevier Offenbach mitgeteilt hatte, dass er versetzt würde. In den Polizeiposten Rodgau. Nur weil er nicht immer ganz auf der Höhe des Geschehens war. Im August hatte er der Zeugin Frau Mollenhauer durch sein Gequatsche wichtige Informationen verraten. Hatte Düker jedenfalls gemeint. Na ja, möglich war das schon. Bei einem Einsatz am Offenbacher Flohmarkt – dort ging es um ein gefälschtes Nolde-Bild – hatte Thomas gemeckert, weil er nicht hatte mitfahren dürfen. Sein Chef war sauer gewesen, er wisse schon, wie er sein Personal einzuteilen habe. Im Oktober hatte er Günther Düker bei der Vernehmung von zwei Männern, die dasselbe Erbe beanspruchten, mehrmals unterbrochen – ach du liebe Zeit, das konnte Düker gar nicht leiden. Und zu allem Überfluss hatte er bei den Ermittlungen zu einem angeblichen Tankstellenüberfall in der Waldstraße seinem Chef aus Versehen die Tür an den Kopf geschlagen. All das zusammen hatte Düker dazu bewogen, ihn zu versetzen. Er solle an anderer Stelle Erfahrungen sammeln. Ohne ihn.

Vielleicht passten sie einfach nicht zusammen. Zumindest hatte Günther Düker ihm mildernde Umstände eingeräumt, weil er erst seit einem Jahr im Polizeidienst war. Vielleicht könne er ja eines Tages nach Offenbach zurückkehren.

Ja, so war das gewesen an dem Tag im Dezember, und jetzt, vier Wochen später, fuhr er mit Sandra nach Rödermark, um einen verdächtigen Musiker zu vernehmen, den er eigentlich gar nicht vernehmen sollte.

»Weiß Middeldorf eigentlich, dass wir zu diesem …«, Sandra blickte kurz auf die Akte, »zu diesem Peter Fitzing fahren?«

»Nein, weiß der Chef nicht«, antwortete Thomas Hirzenhain. »Und er muss es auch nicht wissen. Wir sind auf Streifenfahrt, das Gespräch wird nicht lange dauern. Mach dir keine Sorgen.«

Sandra Benz schüttelte den Kopf. »Mannomann, in was du mich da hineinziehst. Du meinst also, Fitzing ist unschuldig?«

»Ja, schon aus den paar Kopien, die du in der Hand hältst, siehst du, dass die Ermittlungen nur in eine Richtung liefen. Keiner hat sich die Mühe gemacht, den Kreis weiter zu ziehen. Ich habe die ganze Ermittlungsakte durchgearbeitet, so wie Günni … also Günther Düker es mir beigebracht hat.«

Sie verließen den Rodgauer Stadtteil Rollwald und steuerten auf den Stadtrand von Rödermark zu. Sandra Benz vertiefte sich in die Unterlagen. »Der Täter ist laut Zeugenaussagen etwa 1,80 Meter groß, dünn, hat schulterlanges, ungepflegtes Haar und muss gemäß Stichkanal Rechtshänder sein«, murmelte sie vor sich hin. »Außerdem wird sein Alter mit 60 bis 65 Jahren angegeben.«

»So ist es, und leider trifft das meiste auf Peter Fitzing zu. Trotzdem ... mein Gefühl sagt mir, dass er 'ne ehrliche Haut ist.«

»Aber du stellst dich damit voll gegen die Kripokollegen, du als einfacher Streifenpolizist!«

»Ich weiß.«

Wieder versanken die beiden in ihren Gedanken. Einige Minuten später hielten sie vor Fitzings Haus in der Potsdamer Straße. Sandra Benz war überrascht, wie genau die Täterbeschreibung auf Peter Fitzing passte. Er hatte eine große, schmale Figur und lange, ungekämmte Haare. Sein Gesicht war von den Höhen und Tiefen des Lebens gezeichnet. Freundlich bat Fitzing sie herein, so als schien er zu ahnen, dass sie ihm helfen wollten. Er bot ihnen Bier an – mittags um 12 Uhr –, sie lehnten ab. Er öffnete eine Flasche Flensburger, legte seinen Kopf in den Nacken und trank die Flasche in einem Zug leer.

»Herr Fitzing, wir möchten noch mal mit Ihnen reden, wegen der Messerstecherei in der Neujahrsnacht«, begann Thomas.

»Ich dachte, das sei alles klar, ich war's und damit fertig – Ihre Kollegen waren sich da völlig einig.«

»Ich weiß, aber mir sind Zweifel gekommen ...«

Sandra sah ihn strafend an. Natürlich durfte er einem Verdächtigen keine falschen Hoffnungen machen.

Peter Fitzing stand auf und lief unruhig im Wohnzimmer umher. Überall hingen Gitarren an den Wänden, teils mit aufgezogenen Saiten, teils ohne. Jede Menge Bilder von John, Paul, George und Ringo zierten den Raum.

»Sie sind wohl Beatles-Fan?«, fragte Sandra.

»Allerdings«, antwortete Peter Fitzing. »Und nicht nur

das, ich war einige Zeit mit ihnen befreundet, besonders mit Paul McCartney.«

»Tatsächlich? Sie sind den vieren persönlich begegnet?«

»Ja, ich habe sogar mit ihnen Musik gemacht, hier, hören Sie mal …«

Damit nahm er eine Gitarre von der Wand und spielte ohne zu zögern das Intro von »Let it be«. Die Polizisten waren beeindruckt.

»Das hat mir Paul beigebracht, er wollte das Intro eigentlich von der Akustikgitarre haben, aber John hat sich durchgesetzt, in der Endfassung kam's vom Klavier.«

»Wie sind Sie überhaupt in diese Messerstecherei geraten?«

»Na ja, Feierstimmung in der Neujahrsnacht, Ausnahmezustand, alle leicht angetrunken, ein paar Leute rotten sich zusammen, in der engen Hauptstraße von Rödermark kann man kaum ausweichen, da fängt einer von denen Zoff an, ich mittendrin. Keine Ahnung, wie das kam, plötzlich schreit jemand wie am Spieß, ich bekomme Panik, renne davon, merke, dass ich Blut an der Jacke habe, suche eine Verletzung bei mir selbst, finde aber keine.« Er öffnete aufgeregt eine zweite Flasche Bier. »Dann zieh ich die Jacke aus, weil mich das Blut ekelt, ihre Kollegen sehen das und glauben, ich sei der Täter und wolle die blutige Jacke loswerden.«

»Und weiter?«

»Zum Glück ist der verletzte Junge wieder fit.«

Thomas nickte. Er betrachtete ein Bild. »Sind Sie das hier neben Paul McCartney?«

»Ja, das war im September 1960 im Hamburger Indra-Club, damals noch mit Stuart Sutcliffe und Pete Best. Die fünf mussten die ganze Nacht spielen, das war unheimlich anstrengend. Ich bin ab und zu mal eingesprungen, wenn John aufs Klo musste oder einen Joint holte. Wir waren alle noch verdammt jung. Später sind die Beatles in den Kaiserkeller umgezogen, da hatten sie sich an die langen Nächte gewöhnt, und John wollte nicht mehr vertreten werden. Ihn hab' ich nicht so gemocht, aber Paul, wir haben uns später noch getroffen.«

Thomas betrachtete die Männer auf dem Bild: Peter und Paul. Sie strahlten eine ungewöhnliche Harmonie aus. Die Körperhaltung war exakt die gleiche, der linke Fuß leicht nach vorn gesetzt, die Kleidung fast identisch, wirre, herunterhängende Haare, noch keine Pilzkopf-Frisur, die Gitarrenhälse parallel ausgerichtet, beide Männer in die Kamera grinsend, die Zigarette locker im Mundwinkel, lässig spielend.

»Sie mögen Paul McCartney wohl sehr?«, fragte Thomas Hirzenhain.

»Ja. Er war und ist mein Idol.«

»Das gefällt mir«, sagte Thomas lächelnd. »Und noch eins gefällt mir: Sie sind unschuldig und ich kann es beweisen!«

Woher weiß Polizeikommissar Thomas Hirzenhain, dass Peter Fitzing unschuldig ist?

Paul McCartney ist Linkshänder und hält deswegen den Gitarrenhals in Richtung seiner rechten Schulter. Auf allen Beatles-Fotos sieht man, wie er seine Gitarre entgegen der Richtung von Johns und Georges Gitarren hält. Wenn die Gitarrenhälse von Peter und Paul auf dem Foto parallel ausgerichtet sind, während beide in die Kamera schauen, muss Peter auch Linkshänder sein. Der Täter ist laut Akte ein Rechtshänder, also ist Peter Fitzing unschuldig.

6. DER DIETZENBACHER KARNEVALSSCHERZ

Als Polizeioberkommissarin Bettina Blum am Aschermittwoch gegen 8 Uhr das 2. Polizeirevier Offenbach in der Berliner Straße betrat, hatte sie sehr schlechte Laune. Sie hielt einen Briefumschlag in der Hand und stürzte, ohne die anderen Kollegen zu begrüßen, direkt in das Büro ihres Chefs.

Günther Düker hob den Kopf. »Nanu, was ist los? Ist dir das Karnevalswochenende nicht bekommen?«

»Das ist mir ganz und gar nicht bekommen. Nach dem Sturm auf das Dietzenbacher Rathaus am Faschingssonntag wurden alle Computer aus dem EDV-Ausbildungsraum der Stadt gestohlen. Ein Schaden von rund 20.000 Euro. Und keinerlei Einbruchsspuren!«

»Schlechter Karnevalsscherz. Aber was hast *du* damit zu tun? Das bearbeiten doch die Kollegen aus Dietzenbach.«

»Ja schon, aber irgendwie fühle ich mich ... mit verantwortlich, ich war ja schließlich dabei, beim Sturm auf das Rathaus.« Sie lief nervös vor Dükers Schreibtisch hin und her.

»Nun setz dich erst mal und erzähl alles in Ruhe. Thomas soll uns einen Kaffee machen ... ach so, den hab ich ja nach Rodgau versetzt, hab ich ganz vergessen.«

Bettina Blum nahm Platz. »Lass gut sein, danke, ich hatte zu Hause schon einen Kaffee. Also, das war so: Bürgermeister Rogg hat uns für den Rathaussturm das alte

Rathausgebäude zur Verfügung gestellt. Das ist übersichtlicher als das neue und macht sich mit der schönen Hausfront auch besser auf Pressefotos. Hier schau mal!«

Damit zog sie ein Foto aus dem Briefumschlag und legte es Günther Düker auf den Schreibtisch. Es zeigte ein Gebäude mit klassizistischer Front. Aus jedem der fünf Fenster blickte ein Gardeoffizier heraus. Der mittlere, direkt über dem Eingang, hielt als Zeichen seiner närrischen Macht einen großen goldenen Schlüssel in der Hand.

»Und was befindet sich sonst in dem alten Rathaus?«, fragte Düker.

»Einige Räume werden von Vereinen genutzt, einige vom Standesamt, und dann ist dort eben der EDV-Schulungsraum der Stadtverwaltung.«

Sie beugte sich zu ihrem Chef hinüber. »Dort oben, der mit der weißen Marschalluniform und dem Schlüssel ist unser Vereinsvorsitzender. Er wird meistens Dubrovnik genannt, weil er dort mehrmals im Jahr hinfliegt, ständig davon erzählt und sogar einen kroatischen Sprachkurs besucht. Seine Frau stammt aus der Gegend. Rechts mit der gelben Uniform, das bin ich.«

Düker grinste. »Steht dir gut!«

»Ja, ja, danke. Hier, der rote Gardeoffizier, das ist unser stellvertretender Vorsitzender Cem, türkische Herkunft, in Dietzenbach geboren. Und der in grün ist unser Kassierer Bernd, Spanischlehrer. Da rechts unten in der blauen Jacke das ist Claire, Praktikantin bei der Stadtverwaltung. Sie kommt aus unserer Partnerstadt Vélizy und ist im Rahmen eines Austauschprogramms für sechs Monate in Dietzenbach. Wir wollten ihr den deutschen Karneval nahebringen. Genau genommen muss es einer von den fünf … also von den vier gewesen sein, ich scheide natürlich aus.«

»War denn sonst niemand im Gebäude?«

»Nur der Hausmeister und Bürgermeister Rogg, sonst niemand. Alle anderen blieben draußen auf der Straße. Der Hausmeister kommt nicht in Frage, er hätte die Computer jederzeit stehlen können, hat ja ständig Zugang. Außerdem kenne ich ihn von meinem Englischkurs im neuen Rathaus, er kümmert sich rührend um alles.«

»Und der Bürgermeister?«

»Über alle Zweifel erhaben.«

»Gut. Bleiben also der weiße Dubrovnik, der rote Cem, der grüne Spanischlehrer und die blaue Praktikantin.«

»So ist es.«

»Habt ihr denn keine Fingerabdrücke gefunden? Oder DNA-Material?«

Bettina Blum schüttelte betrübt den Kopf. »Nein, nichts dergleichen. Der Zugang zum EDV-Raum wird durch eine elektronische Sperre mit Zahlencode geregelt, keine verwertbaren Fingerabdrücke. Ich habe mit dem Bürgermeister gesprochen: Der Code wird täglich geändert, die Systematik kennen nur einige wenige Leute in der Stadtverwaltung. Vier Ziffern, der jeweilige Tag plus eins und der zugehörige Monat plus eins.«

»Aha, heute am 13. Februar wäre der Code also 1-4-0-3?«

»Genau. Natürlich kann nicht ausgeschlossen werden, dass der Täter irgendwie an diesen Code gekommen ist. Ach ja, und noch etwas. Im Gang vor dem EDV-Schulungsraum haben wir dieses zerknüllte Stück Papier gefunden. Sieh mal …«

Sie reichte Günther Düker einen kleinen Zettel.

»Ich erkenne hier: u-u-c-t«, sagte Düker.

»Genau, zwei u, ein c und ein t. Keine Ahnung, was das soll.«

Der Polizeihauptkommissar überlegte einen Moment. Dann wandte er sich seinem PC zu, hämmerte einige Minuten auf der Tastatur herum, sah angestrengt auf den Monitor, gab gurgelnde Laute von sich und sagte schließlich: »An deiner Stelle würde ich mir den Spanischlehrer vorknöpfen!«

Bettina Blum sprang auf. »Was? Wie kommst du denn darauf?«

Wodurch kommt Günther Düker dem Spanischlehrer auf die Spur?

Günther Düker geht davon aus, dass der Täter den Code kannte, sonst hätte es Einbruchspuren gegeben. Er vermutet, dass der Einbrecher den Code auf dem Zettel notierte und ihn später im Gang verlor. Düker und Bettina unterhalten sich am Aschermittwoch, den 13. Februar, folglich fiel der Faschingssonntag auf den 10. Februar. An diesem Tag galt der Code 1-1-0-3. Da keine Zahlen, sondern Buchstaben auf dem Zettel stehen, liegt es nahe, dass der Dieb die Anfangsbuchstaben der Zahlen notierte. Die Abkürzung auf Deutsch wäre also e-e-n-d (eins-eins-null-drei). Da die deutsche Abkürzung nicht mit der auf dem gefundenen Zettel übereinstimmt und alle Verdächtigen eine Fremdsprache beherrschen, versucht es Düker der Reihe nach in den vier Sprachen. Dubrovnik hätte demnach auf Kroatisch j-j-n-t notieren müssen, Cem auf Türkisch b-b-s-ü, Claire aus Vélizy auf Französisch u-u-z-t. Selbst wenn Düker seine Kollegin Bettina Blum miteinbezogen hätte, wäre es in ihrer Fremdsprache Englisch (o-o-z-t) zu keiner Übereinstimmung gekommen. Nur auf Spanisch ergibt der Zettel Sinn: uno-uno-cero-tres.

Lösung: 6. Rätsel-Krimi

7. FAHRERFLUCHT AUF ENGLISCH

Polizeihauptkommissar Günther Düker hatte sich soeben eine Tasse Kaffee eingegossen, als es an seiner Bürotür klopfte. »Ja, bitte?«

Ein junger Kollege trat ein. »Guten Morgen, Herr Düker, mein Name ist Niels Conrad, ich bin der Neue.«

»Herzlich willkommen!« Er gab Conrad die Hand. »Gut, dass Sie da sind, wir leiden an chronischer Unterbesetzung. Ihr Vorgänger, Thomas Hirzenhain, hat übrigens den besten Kaffee im gesamten Revier gemacht.«

Niels Conrad lächelte gequält. »Ich bin Teetrinker.«

Günther Düker sah ihn erstaunt an. »Ach so ….«

Im selben Moment kam Polizeioberkommissarin Bettina Blum hereingestürmt. »Chef, eine Unfallflucht am alten Schlachthof. Wir haben zu wenig Leute – wie immer.«

»Hier, unser neuer Kollege, Herr Conrad. Den kannst du gleich mitnehmen.«

Der Neue reichte ihr die Hand. »Niels«, stellte er sich vor, »Niels mit ie.«

»Bettina«, antwortete sie. »Mit i und mit e.« Sie gab ihm einen Wink und die beiden rauschten ab.

Günther Düker nahm einen Schluck Kaffee und machte sich missmutig an den dicken Aktenstapel, der sich vor ihm auftürmte. Als eine knappe Stunde später Bettina Blum anrief, freute er sich fast über die Unterbrechung. »Günni, das ist ein verzwickter Fall, wir brauchen deine Hilfe.«

»Um was geht es denn?«

»Wie gesagt: Fahrerflucht. Die Zeugenaussagen sind total konfus, teils komplett gegensätzlich, wir kommen nicht weiter.«

»Gut, bin in zehn Minuten da.«

Günther Düker bog von der Buchhügelallee kommend rechts in das Gelände am alten Schlachthof ein. Schon in der Kurve sah er linker Hand ein beschädigtes Auto, es stand auf dem ersten Parkplatz neben der Einfahrt. Er hielt direkt vor dem modern renovierten Backsteingebäude des ehemaligen Schlachthofs. Bettina Blum und Niels Conrad standen am Eingang, umringt von zahlreichen Schaulustigen. Alle redeten durcheinander. Er winkte seine beiden Kollegen beiseite und bat Bettina um einen Bericht.

»Bei dem beschädigten Fahrzeug handelt es sich um einen dunkelblauen VW Passat mit Hamburger Kennzeichen«, sagte sie. »Er gehört einem Hotelgast, der sich jetzt auf dem Messegelände befindet, heute fängt ja die Lederwarenmesse an. Er hat den Passat gegen 22 Uhr abgestellt und heute früh um 7.30 Uhr den Schaden entdeckt. Das Fahrzeug des Unfallverursachers muss weiß sein, wir haben Lackproben für die KTU genommen.«

Düker nickte zufrieden.

Niels Conrad fuhr fort: »Wir haben zwei Zeugen. Herr Adamski sagt, er habe in der Nacht einen weißen Wagen in die Tiefgarage fahren sehen, ich habe dort alles abgesucht – nirgendwo ein weißes Auto mit Unfallspuren. Und dann noch Frau Heinrich, die redet ziemlich wirres Zeug.«

»Habt ihr die Hotelangestellten vernommen?«

»Ja«, sagte Bettina Blum, »keine sachdienlichen Hinweise. Frau Heinrich und Herrn Adamski warten noch …« Sie zeigte auf zwei abseits stehende Personen.

»Gut, die möchte ich gern selbst befragen.«

Günther Düker steuerte auf die Zeugin zu: »Hallo, Frau Heinrich, erzählen Sie mir bitte genau, was Sie gesehen haben.«

»Ei, horsche Se ma, des hab isch doch alles schon Ihrer Kolleschin erzählt!«

»Ich weiß, tut mir leid, aber ich muss Sie bitten, alles zu wiederholen.«

»Ach so is des, Sie wolle misch kontrolliern, odder wie?«

»Nein, ich möchte prüfen, ob meine Kollegin alles richtig notiert hat, verstehen Sie?« Er zwinkerte Bettina zu.

»Ei, Mädsche«, sagte Frau Heinrich in Richtung der Oberkommissarin, »Sie habbe awwer'n gestrenge Scheff. Also gut …« Sie versuchte, sich zu sammeln. »Isch stand dort uff dere annern Straßeseit, quasi gescheübber von de Nummer 17. Des war so gesche 1 Uhr mojens.«

»Entschuldigen Sie, aber was machen Sie denn um 1 Uhr nachts auf der Buchhügelallee?«

»Ei, Herr Wachtmeister …« Günther Düker atmete tief durch und sah noch einmal genau hin, ob es sich nicht womöglich um Frau Mollenhauer handelte. Nein, es war Frau Heinrich. »… isch wohn da drüwwe im Aldersheim, isch geh immer um die Zeit nochema mit dem Bello raus, der braucht des, dann kanner gut schlafe und schnarcht net so.«

»Gut, was haben Sie gesehen?«

»Des weiße Audo habbisch gesehn. Es war schon an mir vorbei, als ich's gesehe habb, unn dann isses da um die

Kurv gedengelt. Meine Güte, hab isch gedacht, der hat ja'n Tembo druff, der kriescht doch nie die Kurv, unn schon hat's bumms gemacht.«

»Konnten Sie denn irgendetwas erkennen? Den Fahrer, das Kennzeichen, den Wagentyp?«

»Den Fahrer net, es war ja dunkel, unn mit Audos kenn isch misch net aus, awwer des Kennzeische, des war auf jeden Fall'n Holländer.«

»Wieso das denn?«

»Ei, Herr Wachtmeister«, sie setzte den Zeigefinger unter das rechte Auge, »isch bin ja clever, der hadde ein gelbes Kennzeische!«

»Aha. Sicher? Trotz Dunkelheit haben Sie das gesehen?«

»Ganz sischer. Des Kennzeische is ja schließlich beleuchtet. Awwer die Nummer konnt isch uff die Schnell net erkenne. Jedenfalls war's gelb – des Kennzeische.«

»Vielen Dank, Frau Heinrich. Sie können erst einmal gehen, Ihre Adresse haben wir ja.«

Dann ging Düker mit seinen beiden Kollegen zu Herrn Adamski und bat ihn ebenso, seine Aussage zu wiederholen.

»Ich stand auf dem Balkon meiner Wohnung, dort drüben, Ernst-Griesheimer-Platz 2. Ich war noch mal draußen, um eine zu rauchen. Das war genau um 1.05 Uhr.«

»Woher wissen Sie das so genau?«, fragte Düker.

»Ich hab noch den Spätkrimi gesehen, der war gerade zu Ende gegangen. Dann hab ich einen Knall gehört, typisch, Blech auf Blech, und kurz danach fuhr das weiße Auto in die Tiefgarage.«

»Konnten Sie den Fahrer erkennen? Oder den Wagentyp? Das Kennzeichen?«

»Ich konnte zwar auf die Windschutzscheibe sehen«, sagte Herr Adamski, »aber den Fahrer habe ich nicht erkannt. Das Kennzeichen fing mit einem W an, so wie Wuppertal, mehr kann ich nicht sagen.«

»War es denn ein deutsches Kennzeichen?«

»Ja, sicher«, antwortete Adamski, »weiß mit schwarzer Schrift.«

»Sie sind also sicher, dass es kein gelbes Kennzeichen war, zum Beispiel ein holländisches?«

»Ganz sicher!«

»Das wars fürs Erste, vielen Dank!«

Die drei Polizisten zogen sich zur Beratung in die Hotelhalle zurück. Eine Hotelangestellte brachte ihnen Kaffee.

»Hätten Sie vielleicht einen Tee für mich?«, fragte Niels Conrad.

Bettina Blum schüttelte ihren Blondschopf. »Ich verstehe das nicht, die Zeit stimmt überein, die Wagenfarbe auch, nur nicht die Farbe des Kennzeichens ...?«

Düker rührte nachdenklich in seinem Kaffee. »Herr Conrad, gehen Sie bitte zur Rezeption und fragen Sie, ob hier ein Engländer mit eigenem Kfz gemeldet ist.«

»Ein Engländer?«

»Ja, nun gehen Sie schon!«

Nach ein paar Minuten kam Niels Conrad zurück. »Tatsächlich. Es sind zwei Engländer gemeldet. Einer kam mit dem Flieger, der andere mit dem Auto. John Littlemore aus Bristol. Gestern Abend hat er sich den Weg zum Irish Pub erklären lassen und kam dann spät zurück, die genaue Uhrzeit ist nicht bekannt. Heute früh ist er schon um 7 Uhr aus der Tiefgarage gefahren und kehrte nach zehn Minuten wieder, um zu frühstücken, sehr seltsam.«

Düker nickte. »Ihr beiden sucht alle Parkplätze in der Umgegend ab, etwa zehn Minuten Laufdistanz. Zielobjekt: ein weißes britisches Auto mit Lackschaden.«

Bettina sah ihn verständnislos an. »Aber …«

»Kein Aber. An die Arbeit!«

Als Bettina Blum und Niels Conrad 20 Minuten später erneut die Hotelhalle betraten, saß Günther Düker bereits vor seinem vierten Kaffee. »Und?«

»Wir haben ihn«, sagte Bettina. »Er steht auf dem Parkplatz des Vogelzüchtervereins. Ein weißer Ford mit Rechtslenkung. Der linke vordere Kotflügel ist beschädigt. Sag mal, Chef, wie bist du denn darauf gekommen?«

Wie kommt Günther Düker auf die Idee, nach einem britischen Fahrzeug zu suchen?

Frau Heinrich sah das weiße Fahrzeug von hinten (»Es war schon an mir vorbei …«) und gab an, ein gelbes Kennzeichen gesehen zu haben. Herr Adamski sah das Fahrzeug von vorn (»Ich konnte zwar auf die Windschutzscheibe sehen …«) und erkannte ein weißes Kennzeichen mit schwarzer Schrift. Britische Autos haben hinten gelbe und vorn weiße Kennzeichen. Mit diesem Wissen ist es für Düker leicht, auf einen Engländer beziehungsweise Briten zu schließen. Der erste Buchstabe W steht übrigens für »West Country«, dazu gehört auch die Stadt Bristol.

8. RINGLEIN, RINGLEIN, DU MUSST WANDERN

Polizeihauptkommissar Günther Düker war mit Leib und Seele Polizist. Er war kein Warmduschbeamter, kein Schönwetterbulle, nein, selbst nach Feierabend konnte er kaum abschalten, verfolgte schon mal einen rüpelhaften Radfahrer, wies Raucher in öffentlichen Gebäuden zurecht oder regelte ungefragt den Verkehr. Seine Frau Helga pflegte dann zu sagen: »Du hast ein Polizistenherz.«

An diesem Sonntag, einem wunderschönen Frühlingstag im April, beschlossen die beiden, in den Spessart zu fahren. Helga hatte sich extra schick gemacht und den Diamantring angesteckt, den Günther ihr zum 30. Hochzeitstag geschenkt hatte. Gegen 10 Uhr verließen sie ihr Haus in Heusenstamm. Um 10.15 Uhr fuhren sie an der Anschlussstelle Obertshausen auf die A3 in Richtung Würzburg. Um 10.20 Uhr sagte Helga: »Du, Günther, ich muss mal!«

Düker wollte schon schimpfen, doch sein hilfsbereites Polizistenherz ließ ihn antworten: »Ja, Schatz, ich halte gleich an der Raststätte Weiskirchen!«

»Danke!« Sie schenkte ihm einen liebevollen Seitenblick.

Günther Düker wartete vor dem Eingang zum Toilettenbereich auf seine Frau. Da es relativ früh an einem Sonntagmorgen war, herrschte kein großer Andrang. Er lehnte locker an einer Wand und beobachtete routinemäßig alle

Personen, die durch das Drehkreuz zum Sanitärbereich gingen. Hinter Helga gingen zwei Frauen und ein Mann hindurch. Eine junge Frau mit hennaroten Haaren und einem Nasenpiercing sowie eine blonde Frau mittleren Alters mit einer blauen Bluse. Als sich Düker bereits fragte, ob seine Frau durch den Hinterausgang entkommen war, meldete sie sich: »Mein Ring, Hilfe, mein Ring ist weg!«

Düker sprang sofort über das Drehkreuz, stieß dabei fast mit einer älteren, graumelierten Dame zusammen, da kam ihm Helga auch schon entgegen. »Günther, hilf mir, bitte! Mein schöner Ring ist weg, ich habe ihn kurz ausgezogen, um die Hände zu waschen, und neben mir aufs Waschbecken gelegt. Plötzlich war er weg!«

Im Waschraum befanden sich die junge rothaarige Frau und die Blonde mit der blauen Bluse. Düker schaltete sofort: »Polizei, Sie bleiben hier stehen. Helga, sieh nach, ob noch jemand da drin ist!«

Damit schob er sich durch das Drehkreuz zurück in den Ladenbereich und sah sich um. Die Graumelierte wollte gerade die Raststätte verlassen.

Er rannte ihr hinterher. »Hallo, Sie, warten Sie bitte!«, rief er.

Die Frau blickte sich irritiert um und wunderte sich über den Aufruhr, der augenblicklich entstanden war. Sie sah Düker erstaunt an. »Was wollen Sie?«

Er zog seinen Dienstausweis hervor. »Polizeihauptkommissar Düker. Entschuldigen Sie, aber ich brauche Sie dringend als Zeugin, würden Sie bitte mitkommen?«

Helga hatte inzwischen festgestellt, dass sich keine weiteren Frauen in der Damentoilette aufhielten. Der Manager der Raststätte stellte ihnen einen kleinen Raum zur Verfügung, um die Zeugenbefragung durchzuführen. So konnte er weitere Aufregung im Kundenbereich vermeiden.

Die Blonde, die Rothaarige und die graumelierte Dame setzten sich, Düker und seine Frau blieben stehen.

»Ich darf Sie zunächst um Ihre Personalausweise bitten!«, sagte er.

Er sammelte die drei Ausweise ein, betrachtete sie genau, sah sich die drei Frauen an und versuchte, deren Gesichter mit den Fotos in Einklang zu bringen.

»Frau Bender?«

Die Rothaarige nickte. »Ja?«

»Sie sind in Aschaffenburg geboren und wohnen auch dort?«

»Genau, ich bin gerade auf dem Heimweg, habe meinen Bruder und seine Familie in Wiesbaden besucht. Um 13 Uhr beginnt meine Schicht im Klinikum Aschaffenburg, es wäre also nett, wenn …«

»Es dauert nicht lange. Weiter … Frau Bresick?«

Die Graumelierte hob die Hand.

»Entschuldigen Sie bitte, dass ich Ihnen nachlaufen musste.«

»Macht nichts, das passiert mir in meinem Alter nicht mehr oft.«

Düker lächelte, Helga lächelte nicht.

»Sie sind in Dieburg geboren?«

»Ja, ich wohne aber schon lange in Neu-Isenburg. Heute fahre ich nach Garmisch-Partenkirchen in den Urlaub.«

»Sie sind also in Neu-Isenburg losgefahren und machen hier in Weiskirchen schon den ersten Halt?«

»Ja, wissen Sie, ich musste … also ich musste mal. Das kann ja passieren.«

»Ja, das kann vorkommen«, sagte Günther Düker lächelnd. »Und Sie Frau … Schmitz, Sie sind in Solingen geboren und wohnen jetzt in Froschhausen. Wohin fahren Sie?«

Die Blonde sah ihn an. »Na ja, ich will meine kranke Mutter in Solingen besuchen.«

Düker nickte. Er notierte sich die Namen und Adressen. Dann gab er zwei der Frauen den Personalausweis zurück. »Sie beide können weiterfahren, vielen Dank.«

Zu der dritten sagte er: »Sie bleiben hier, ich muss Ihre Taschen durchsuchen. Wir werden den Ring sicher gleich finden.«

»Meine Güte«, murmelte Helga, »wie gut, dass ich immer einen Polizisten an meiner Seite habe!«

Wen verdächtigt Polizeihauptkommissar Günther Düker so zielsicher, die rothaarige Frau Bender, die blonde Frau Schmitz oder die graumelierte Frau Bresick?

Lösung: 8. Rätsel-Krimi

Düker und seine Frau fuhren von der Anschlussstelle Obertshausen Richtung Würzburg, also nach Osten. Jemand, der in Froschhausen wohnt und nach Solingen möchte, würde nie in Richtung Würzburg fahren. Er würde über die Anschlussstelle Hanau auf die A3 nach Westen (Richtung Köln und Solingen) fahren. Damit käme er aber niemals an der Raststätte Weiskirchen vorbei, die östlich der Auffahrt Hanau liegt. Also lügt Frau Schmitz und ist damit sehr wahrscheinlich die Schmuckdiebin.
Zudem könnte Frau Schmitz von Froschhausen aus relativ leicht zur Raststätte Weiskirchen gelangen, auch ohne Auto, zum Beispiel – an einem schönen Frühlingstag – mit dem Fahrrad. Der Verdacht liegt also nahe, dass sie eine Seriendiebin ist, die sich die Raststätte als idealen Arbeitsplatz ausgesucht hat.

9. GRILLDRAMA: THÜRINGER ROSTBRATWÜRSTE VERSCHWINDEN IN HESSEN

Polizeihauptkommissar Günther Düker war ein zufriedener Mensch. Ein Mann, der in sich ruhte. Er hatte 33 Jahre Polizeidienst hinter sich und führte seit Ende der 90er-Jahre faktisch das Revier, obwohl er nur der stellvertretende Leiter war. Polizeirat Heribert Müller, sein direkter Vorgesetzter, hatte sich zu einem Verwaltungsbeamten entwickelt, der lieber administrative Dinge erledigte, statt sich um die Wache, den Streifendienst oder die Jagd auf Diebe und Betrüger zu kümmern. Dies überließ er Günther Düker. Ob auch Müllers Nachfolger, ein Beamter des höheren Diensts, der vom Polizeipräsidium Mittelhessen aus Gießen kam, dieses stillschweigende Abkommen weiterführen würde, war offen.

Dies alles ging Düker durch den Kopf, als er an einem warmen Samstagabend im Mai zusammen mit seiner Frau Helga den Hanauer Stadtteil Steinheim durchquerte. Den Kreuzweg hatten sie schnell gefunden und hielten vor dem Haus von Heribert Müller. Zum Abschied aus dem Polizeidienst hatte Müller viele seiner Kollegen zu einer zünftigen Grillparty eingeladen.

Polizeirat Müller bedankte sich in einer kurzen Ansprache bei den Anwesenden für die langjährige Zusammenarbeit, insbesondere für die Unterstützung nach einer schweren Schussverletzung, die er Ende der 90er bei einer versuchten Festnahme erlitten hatte. »Nach meiner Pensionierung werde ich häufiger meine Heimatstadt Jena besuchen«, sagte er. »Aus diesem Anlass habe ich heute 80 Original Thüringer Rostbratwürste für euch besorgt. Dazu gibt es zwei Fässer Bier und natürlich die Live-Übertragung des Pokalendspiels aus Berlin: Kickers Offenbach gegen den HSV!« Lautstarke Zustimmung signalisierte ihm, dass er alles richtig gemacht hatte.

Günther und Helga lernten im Laufe des Abends viele Beamte aus anderen Revieren kennen, auch der Polizeipräsident war gekommen. Müllers Ehefrau kümmerte sich um die Gäste, unterstützt von Tochter und Schwiegersohn. Enkel Paul, ein aufgeweckter Neunjähriger, beschäftigte sich vorwiegend mit dem Hund und der Katze seiner Großeltern. Der Jack Russell Terrier hieß »Neffe«, weil er in eben diesem Verwandtschaftsverhältnis zu seinem kürzlich verstorbenen Vorgänger stand. Katze Minou schien sich mit Neffe gut zu vertragen.

Zum Pokalendspiel versammelten sich alle auf der Terrasse vor dem Fernseher. Alle außer Paul, der eine enge Beziehung zum Hund zu haben schien und mit ihm im Garten herumtollte. Kurz vor Ende der ersten Halbzeit stand es immer noch 0:0, und Heribert Müller ging in den Keller, um weitere Thüringer Rostbratwürste für die Halbzeitpause zu holen.

»Die schmecken ja verdammt gut!«, meinte Günther Düker, als Müller wiederkam.

»Ja, der Meinung sind offensichtlich alle. Hoffentlich reicht mein Vorrat, ich habe nur noch zehn Stück im Keller!«

Düker wanderte ein wenig im Garten umher, um sich zu bewegen. Dabei traf er auf Neffe, der ihn zum Stöckchenwerfen animierte. Als das Stöckchen aus Versehen zerbrach, sprintete Neffe hinter die Gartenhütte und holte dort einen kleinen Ball aus einem Versteck. Weiter ging's!

»Gleich fängt die zweite Halbzeit an!«, rief jemand von der Terrasse. Als Düker am Grill vorbeikam, sah er, dass dieser fast leer war. »Heribert, am besten holst du noch vor der zweiten Halbzeit die letzten zehn Bratwürste, dann musst du nicht während des Spiels weggehen!«

Heribert Müller lächelte. »Gute Idee!«

Eine Minute später erklang ein markerschütternder Schrei aus dem Keller: »Meine Rostbratwürste sind weg. Wer hat die geklaut?«

Der Anpfiff. Zweite Halbzeit. Kickers gegen den HSV. Bei dem Wort »geklaut« wurden alle Polizisten hellhörig. Ebenso alle Polizistengattinnen und deren Kinder. Egal ob es um Diamantringe oder Bratwürste ging. Die Kollegen standen auf und stellten sich auf der Terrasse in Position, ähnlich einer Einsatzbesprechung. Helga Düker konnten sich ein leichtes Grinsen nicht verkneifen.

»Günther«, sagte Heribert Müller leicht theatralisch, »du bist ein guter Ermittler, hast ja schon mehrmals in der Zeitung gestanden deswegen, ich übertrage dir den Fall!«

Günther Düker war ein Vollblutpolizist, er nahm den Auftrag sofort an. Er postierte sich in der Mitte der Terrasse. Fast tat es ihm leid, dass er keine Uniform trug.

»Kannst du die Tatzeit festlegen?«, fragte er seinen Chef.

»Während der Halbzeitpause«, antwortete Müller. »Kurz zuvor habe ich Nachschub geholt, da waren die letzten zehn Bratwürste noch da. Auf dem Rückweg habe ich vergessen, die Tür zum Vorratskeller zu schließen.«

»Warum schließt du die sonst immer?«

»Wegen Hund und Katze, die gehen manchmal an das Essen …«

»Aha, wir könnten es also mit einem tierischen Täter zu tun haben?«

Alle Kollegen nickten. Sie sahen sich um. Paul, Neffe und Minou kamen aus dem Garten getrottet und hockten sich auf den Rasen neben der Terrasse. Alle drei strahlten eine verbindliche Unschuldigkeit aus.

57. Minute. Kurze Ablenkung: Lattentreffer für die Kickers, das Spiel nahm Fahrt auf.

»Muss man sich im Keller auskennen, um die Würste zu finden?«, fragte Düker.

»Ja, allerdings. Sie lagen in einer wassergefüllten Schüssel oben im Regal. Das machen wir in Thüringen so. Die Schüssel steht noch an ihrem Platz, ist aber leer.«

59. Minute: Elfmeter für den HSV. Wulnikowski hielt.

»Dort kennt sich nur deine Familie aus …«

Helga schaltete sich ein: »Mit Frau Müller und ihrer Tochter war ich die gesamte Halbzeitpause über in der Küche. Minou war zeitweise auch dabei, ich habe sie gefüttert.«

»Zeitweise, soso … Was hast du ihr gegeben?«

»Dosenfutter mit Fisch, sie wollte kein Fleisch.«

»Ja, sie frisst kein Fleisch«, bestätigte Heribert Müller.

»Dein Schwiegersohn?«

»Der ist Vegetarier, Paul übrigens auch.«

»Hmm …«, machte Düker.

»Der Hund?«, fragte Bettina Blum.

»Der hat ein Alibi«, sagte Günther Düker. »Ich habe die gesamte Halbzeitpause mit ihm auf der Wiese verbracht.«

In diesem Moment fiel das 1:0 für Kickers Offenbach. Ein Duseltor, mitten aus dem Gewühl heraus. Aber egal – der Ball war drin.

Das Tor löste einen Geistesblitz bei Günther Düker aus. Er sah auf Paul, Neffe und Minou, die immer noch einträchtig beieinander auf dem Rasen saßen. Paul streichelte den Hund und lächelte. Neffe hatte die Ohren aufgestellt, sein Fell war trocken. Minou schnurrte und leckte sich die Schnauze. »Ich habe einen schwerwiegenden Verdacht«, sagte Düker. »Dazu muss ich allerdings noch mal in den Garten, um etwas zu überprüfen!«

Wenig später stießen alle an und feierten den Pokalsieg der Kickers. Und natürlich die Auflösung des spektakulärsten Falls von Mund- und Maulraub in der Geschichte der Stadt Hanau.

Wer hat die Thüringer Rostbratwürste gestohlen und gegessen beziehungsweise gefressen? Und was will Günther Düker im Garten überprüfen?

Wie Düker schon bemerkte, kommen wegen der nötigen Ortskenntnis nur Familienmitglieder der Müllers infrage, inklusive der beiden Tiere. Paul und sein Vater haben die Rostbratwürste nicht gegessen, denn beide sind Vegetarier. Frau Müller und ihre Tochter haben die Rostbratwürste nicht gestohlen, sie waren in der Halbzeitpause in der Küche, Helga gab ihnen ein Alibi. Neffe hat sie auch nicht gestohlen, er hat ebenfalls ein Alibi – durch Günther Düker selbst. Außerdem könnte ein Hund zwar die Schüssel vom Regal stoßen, diese aber niemals wieder auf ihren Platz oben im Regal stellen. Zudem wäre er dabei garantiert nass geworden, denn die Schüssel mit den Bratwürsten war wassergefüllt, wie Heribert Müller erzählte. Eine Katze könnte leichter als ein Hund aufs Regal klettern. Als Fischliebhaberin würde Minou aber wahrscheinlich kein Fleisch fressen, und schon gar nicht zehn große Bratwürste. Die Original Thüringer Rostbratwürste sind ungefähr doppelt so groß wie die üblichen hessischen Bratwürste und auch deutlich größer als die in Hessen angebotenen Bratwürste »Thüringer Art«. Der Einzige, der die Rostbratwürste gestohlen haben kann, ist Paul. Er hat in der Halbzeitpause – entgegen der Erwartung – nicht mit Neffe gespielt und wurde nirgends gesehen, tauchte erst in der 57. Spielminute wieder auf, hat also kein Alibi. Er muss die Würste ja nicht selbst gegessen haben! Seine innige Beziehung zu Neffe legt nahe, dass er die Würste für den Hund gestohlen hat. Da auch ein Jack Russell Terrier in dieser relativ kurzen Zeit (15 Minuten Halbzeitpause plus 12 Minuten) nicht zehn große Bratwürste verschlingen kann, kam Günther Düker auf die Idee, in Neffes Versteck hinter der Gartenhütte nachzusehen. Dort fand er einige thüringische Beweisstücke. Wir haben es hier also mit zwei »Tätern« zu tun, worauf der Ausdruck »Mund- und Maulraub« im Schlusssatz hinweist.

10. DER SCHNEE VON GESTERN

Polizeihauptkommissar Günther Düker saß im Büro und dachte an seinen bisherigen Chef und Freund Heribert Müller. Seit dessen Abschiedsparty in Hanau hatten die beiden sich nicht mehr gesehen. Stattdessen musste sich Düker mit dem Neuen herumschlagen, Polizeirat Lung, der aus Gießen gekommen war. Düker und Lung mussten – wenn man es vorsichtig ausdrücken will – erst zueinander finden.

Aus dem Kellergeschoss des Reviers erklangen laute Stimmen. Düker sprang auf und nahm die Treppe nach unten. Der Kollege vom Erkennungsdienst war dabei, die Fingerabdrücke einer Frau und eines Mannes abzunehmen, wogegen diese sich heftig wehrten. Der Mann trug eine Jeans und ein grünes Hemd, die Frau einen grauen Rock und einen dünnen, eng am Hals sitzenden Rollkragenpullover. Polizeioberkommissarin Blum sowie ein weiterer Kollege hatten Mühe, die beiden unter Kontrolle zu halten. Die Situation war chaotisch. Mit seiner gewaltigen Bassstimme rief Düker: »Ruhe hier!«

Augenblicklich schwiegen alle. Er sah die Festgenommenen an. »Mein Name ist Düker, Günther Düker, Polizeihauptkommissar und stellvertretender Revierleiter. Ich würde Ihnen nicht raten, sich mit mir anzulegen.« Er machte eine kurze Pause, um die Worte wirken zu lassen. »Nach der erkennungsdienstlichen Behandlung werden Sie vernommen, und zwar getrennt. Dann wird sich der Fall klären, solange herrscht hier unten Ruhe, klar?«

Der Mann zerrte an seinen Handschellen. »Das ist eine Unver…«

»Sie bekommen gleich Gelegenheit, sich ausführlich zu äußern, zuvor nehmen wir Ihre Fingerabdrücke, das tut nicht weh.« Damit drehte Düker sich um und stieg die Treppe hinauf.

Wenige Minuten später betrat Bettina sein Büro.

»Also, um was geht es?«, fragte Düker.

»Routinemäßige Verkehrskontrolle gegen 9 Uhr in der Sprendlinger Landstraße. Ich hatte Bruno dabei, der hat zweimal kurz geschnüffelt und sofort Heroin gefunden. Es war unter dem Reserverad versteckt.«

Günther Düker schob das Kinn vor und nickte wissend. »Menge?«

»Zehn Gramm.«

»Gut gemacht, gib Bruno einen Extraknochen von mir!«

Sie lächelte. »Danke!«

»Was sagen die beiden?«

»Bisher reden sie nur chaotisch durcheinander und beschuldigen sich gegenseitig, keiner will etwas von dem Stoff gewusst haben.«

»Aha, nettes Pärchen. Personalien?«

»Bettina Rogalla und Günther Grisold, nicht verheiratet, aber mit demselben Wohnsitz.«

»Bettina und Günther…« Düker lächelte. »Na so was!«

»Das nützt ihnen aber auch nichts«, sagte Bettina Blum und erhob sich. »Übernimmst du die Frau, ich den Mann?«

»Einverstanden.«

Auf dem Weg zu den Vernehmungsräumen kam ihnen Polizeirat Lung entgegen. »Morgen, Düker, was machen Sie?«

»Wir vernehmen zwei Verdächtige. Rauschgiftbesitz.«

»Aha. Vernehmungen sind ja Ihre Spezialität, wie ich hörte.«

»Soso, hörten Sie ...«

»Ja. Haben Sie den Kollegen vom Rauschgiftdezernat schon Bescheid gesagt?«

Düker zögerte.

»Natürlich!«, antwortete Bettina Blum ruhig.

Lung sah sie nachdenklich an. Dann nickte er und ging weiter.

»Hast du wirklich?«, fragte Düker.

Sie grinste. »Ja, habe aber dazugesagt, dass es nicht eilt.«

Düker grinste zurück.

Polizeioberkommissarin Bettina Blum setzte sich und schaltete das Bandgerät im Vernehmungsraum 1 ein. »Bitte wiederholen Sie Ihren Namen, Alter und Wohnsitz.«

Der Mann schnaufte. »Das hab ich doch alles schon ...«

»Nur fürs Protokoll.«

»Also gut. Günther Grisold, 48 Jahre alt, wohnhaft im Eichenring 25, Neu-Isenburg, zweiter Stock rechts, reicht das?«

»Ja, vielen Dank. Berichten Sie jetzt bitte, wie Ihrer Mei nung nach das Heroin in Ihr Auto kam, ausführlich und schön der Reihe nach!«

Grisold versuchte, sich zu konzentrieren: »Also, meine Freundin, die Bettina ... Ich weiß nicht, woher sie das Zeug hat, ist ja schließlich ihr Auto. Ich habe damit nichts zu tun, bin ja völlig von den Socken. Jedenfalls habe ich sie heute früh beobachtet, beim Schminken, durch die angelehnte Badezimmertür, das hat sie nicht gemerkt. Da hatte sie plötzlich so ein weißes Tütchen in der Hand, erst dachte ich, das sei irgendeine Creme, na ja, Sie wissen schon, was die Frauen da so haben …«

»Ja, ich weiß«, sagte Bettina Blum.

»Dann hat sie das Tütchen in ihren BH gesteckt und sich weitergeschminkt. Als sie damit fertig war, hat sie den Pullover übergezogen und dann ist sie aus dem Bad gekommen und ich bin weg, damit sie nichts merkt.«

»Gut, ist Ihnen sonst etwas Ungewöhnliches aufgefallen, ich meine an ihrem Verhalten, war sie mal angekifft, unkontrolliert, hat dummes Zeug geredet oder so?«

»Ich weiß nicht genau, kann schon sein. Dummes Zeug redet sie eigentlich immer!« Günther Grisold schüttete sich förmlich aus vor Lachen über seinen eigenen Witz.

»Danke, Herr Grisold, das reicht vorläufig. Bitte warten Sie hier!«

Gleichzeitig bat Polizeihauptkommissar Günther Düker die Frau, sich zu setzen. Dann schaltete er das Bandgerät im Vernehmungsraum 2 ein. »Würden Sie bitte fürs Protokoll Ihren Namen, Alter und Wohnsitz wiederholen?«

Die Frau räusperte sich: »Ja, ich heiße Bettina Rogalla, bin 45 Jahre alt und wohne in Neu-Isenburg, Eichenring 25.«

»Vielen Dank. Könnten Sie uns dann bitte erklären, wie das Heroin in Ihr Auto kam?«

»Tja, das ist schwer zu sagen. Es ist in der Tat mein Auto, aber Günther fährt oft damit, eigentlich ist es *unser* Auto. Es steht immer vor dem Haus. Ich glaube, er ist in schlechte Gesellschaft geraten, seit ein paar Wochen hat er einen neuen Freund, der ist irgendwie seltsam.«

»Wie heißt der Freund?«, fragte Düker.

»Ich weiß nicht genau, Günther nennt ihn Pacco.«

»Hm, und weiter?«

»Gestern früh habe ich zufällig gesehen, wie Günther beim Ankleiden vor dem Schrank plötzlich etwas Weißes in der Hand hielt, nur ganz kurz, ich war im Flur und die Tür stand halb offen. Zunächst dachte ich, es sei ein Verband gewesen, er hatte sich eine Verletzung am Bein zugezogen, aber rückblickend muss ich sagen, es könnte sich auch um ein Tütchen gehandelt haben.«

»Sie sind sich aber nicht sicher?«

»Nein, ich bin nicht sicher.«

»Sonst noch etwas?«

»Ja, gestern Abend kam dieser Pacco wieder zu uns. Günther nahm den Autoschlüssel und sagte, er wolle ihm Werkzeug leihen, das er im Kofferraum hatte. Wir bekämen es auch bestimmt wieder. «

»Aha, die beiden waren also zusammen am Auto?«

»Ja.«

»Sicher? Haben Sie die beiden gesehen?«

»Nein, gesehen hab ich sie nicht, ich laufe doch nicht hinter Günther her und kontrolliere ihn. So ein Typ Frau bin ich nicht.«

»Danke, Frau Rogalla, das reicht vorläufig. Bitte warten Sie hier!«

Bettina Blum und Günther Düker trafen sich in Dükers Büro. Sie trugen ihre Erkenntnisse zusammen und hörten sich die Aufzeichnung der beiden Gespräche an. Bettina grübelte.

Düker fasste zusammen: »Die beiden beschuldigen sich also gegenseitig, um jeweils den eigenen Kopf aus der Schlinge zu ziehen. Als Nächstes müssen wir mit den Kollegen von der Drogenfahndung reden und klären, ob die einen Pacco kennen. Dann sollten wir uns Herrn Grisolds Bein ansehen um festzustellen, ob er wirklich eine Verletzung hat. Und wir müssen die Vollständigkeit des Werkzeugs in Frau Rogallas Auto prüfen. Bettina, hörst du mir zu?«

»Ja, ja, du hast recht. Ich bin mir aber jetzt schon ziemlich sicher, wer das Heroin im Auto versteckt hat.«

»Wie kommst du darauf?«

»Durch meine weibliche Sicht auf die Dinge. Du als Mann wirst die Lösung sicher nicht so schnell herausfinden!«

Wen verdächtigt Polizeioberkommissarin Bettina Blum: Herrn Grisold oder Frau Rogalla? Und worauf gründet sich ihr Verdacht?

Lösung: 10. Rätsel-Krimi

Frau Rogalla beschuldigt ihren Freund nicht mutwillig, sondern räumt ein, dass sie unsicher ist. Auch gibt sie zu, Günther und Pacco nicht direkt am Auto gesehen zu haben. Wenn sie ihn hätte belasten wollen, wäre es leicht gewesen, zu behaupten, sie habe die beiden vom Fenster aus beobachtet.
Herrn Grisolds Aussage klingt schlüssig, bis auf einen Punkt: Eine Frau würde sich nicht zuerst schminken und dann den Pullover anziehen. Damit wäre das Make-up zerstört. Jedenfalls im Falle eines engen Rollkragenpullovers. Diesen trug Frau Rogalla bei der Festnahme um 9 Uhr, und da die Episode mit dem Schminken im Bad laut Grisolds Aussage vom gleichen Tag stammt, ist es sehr unwahrscheinlich, dass sich Frau Rogalla in dieser kurzen Zeit umzog.
Die Episode mit Günther und Pacco am Auto fand am Vortag statt. Schon der Titel dieses Krimirätsels enthielt einen versteckten Hinweis auf den Täter: Der Schnee von gestern. Günther Grisold ist also der Heroinkonsument. Oder sogar ein Dealer.

11. URLAUBSLUST UND URLAUBSFRUST

Polizeihauptkommissar Günther Düker saß im Büro und dachte an seinen Urlaub. Nur noch drei Tage. Dieses Jahr sehnte er die Ferienzeit ganz besonders herbei, denn er musste sich erholen – von seinem neuen Chef, Polizeirat Lung.

Der piesackte ihn fortwährend, nachdem er erfahren hatte, dass Günther Düker und seine Frau seit 20 Jahren in den Odenwald fuhren. Dann hatte Lung auch noch den Namen des Ortes erfahren, in dem die Dükers ihren Urlaub verbrachten: Weiten-Gesäß. Na ja, das klang schon komisch, dachte Düker, aber er fühlte sich wohl dort, kannte alle Berge – gut, sagen wir: Hügel –, alle Pensionen und alle Kneipen. Die Ureinwohner waren nett und freuten sich, wenn er mit Helga jedes Jahr pünktlich zum ersten Juliwochenende eintrudelte. Sofort verabredete man sich zu einer Partie Boccia, einer Wanderung zum Hinkelstein und einem anschließenden Bier. Oder zwei. Und man konnte danach ins Quartier laufen, denn der Ort war so klein, dass man kein Auto benötigte.

Wo Polizeirat Lung denn selbst hinfahren werde, erkundigte sich Düker.

An den Gardasee. Ja, dieses herrliche Wasser, von pflaumenblau bis smaragdgrün, so sprach Lung, auf der Halbinsel Sirmione, ein wuuundervolles Fleckchen Erde, und, obwohl sie ein Fünfsternehotel ausgesucht hatten, war der

Urlaub gar nicht so teuer, denn sie hatten übers Internet gebucht, da bekam man alles günstiger, da war er eben ein Fuchs, der Polizeirat.

Was das Hotel denn alles versprach, wollte Düker wissen, und schon in dem Wort »versprach« lauerte eine Falle, was Lung, versunken in gardaseeischer Begeisterung und verbaler Angeberei, nicht bemerkte.

Tolle Sachen waren auf der Webseite zu lesen, so berichtete er. Beste Bardolino-Weine vom gegenüberliegenden Ufer, die bekannte Pizza Pomposa, der scharfe Casàt-Käse und die extralangen Spaghetti. Ausflüge zu den Torri del Benaco und nach Limone seien quasi ein Muss, si si, naturalmente. Und dann dieser herrliche Wind, von dem auf der Webseite berichtet werde, Ora würde er genannt, jeden Tag ab 13 Uhr, ganz pünktlich, wehe er von Riva del Garda herunter. Mit diesem Wind könne man surfen, dass es eine wahre Pracht sei.

Mit einem süffisanten Lächeln fragte Lung, ob Düker auch surfe.

Günther Düker schüttelte den Kopf. Wo denn? Im Steinernen Meer? Er lachte lauthals, aber Lung lachte nicht mit, weil er zwar den Gardasee zu kennen glaubte, aber nichts über den Odenwald wusste.

Ob er denn auch sicher sei, dass im Internet alles mit rechten Dingen zuging, warf Düker ein, man höre ja so einiges über Cyberkriminalität und Betrugsseiten im World Wide Web.

Der Polizeirat vollführte eine weltumspannende Armbewegung und meinte, er sei da erfahren und passe auf, außerdem hier … das sei der Ausdruck der Hotelwebseite, da stehe alles drin. Er reichte Düker ein paar Blätter.

Düker besah sich den Text und stellte fest, dass dort alles wortwörtlich stand, wie Lung es zuvor berichtet hatte. Na ja, dann wünsche er dem Polizeirat einen recht schönen Urlaub.

Lung spitzte die Ohren. Höre er da etwa einen Unterton von Schadenfreude?

Könnte sein, so antwortete Günther Düker. Denn was dort auf der Webseite stehe, zeuge nicht gerade von guter Ortskenntnis. Und das bei einem Fünfsternehotel, das sei doch sehr bedenklich!

Welchen Teil des Webseitentexts meint Günther Düker, als er von schlechter Ortskenntnis spricht?

Der Ora-Wind beziehungsweise die Ora ist ein Südwind, der durch Temperaturunterschiede im Becken des Gardasees entsteht und Luft aus der im Süden gelegenen Poebene ansaugt. Da Riva del Garda am nördlichen Ende des Sees liegt, kann die Ora nicht aus Richtung Riva kommen, sondern weht in Richtung Riva.

12. BEUNRUHIGENDE REZEPTE

Polizeihauptkommissar Günther Düker hatte sich gerade einen Kaffee eingegossen, die Zeitung aufgeschlagen und seine Beine auf die Schreibtischkante gelegt, als die Bürotür aufgestoßen wurde. Ehe er angemessen reagieren konnte, stand auch schon Polizeirat Lung vor seinem Schreibtisch. »Was machen Sie hier?«

»Ich informiere mich über die aktuellen Geschehnisse in unserer Stadt«, antwortete Düker, ohne die Füße vom Schreibtisch zu nehmen, »dabei führe ich mir Energie zu und schone meine Beinvenen.«

Lung sah ihn eindringlich an. »Und, welche Neuigkeiten gibt es?«

»Der dritte Valiumtote im Bereich des Polizeipräsidiums Südosthessen innerhalb von vier Wochen.«

»Valium? Das ist doch dieses Beruhigungszeug, oder?«

»Genau, könnte Ihnen vielleicht auch …«

»Düker!«

Günther Düker stand auf. »Entschuldigung, Herr Polizeirat, war nur ein kleiner Scherz, ich dachte, Sie hätten Humor.«

»Bei solchen Dingen verstehe ich überhaupt keinen Spaß, merken Sie sich das. Und noch eins: Unterstehen Sie sich, aus dieser Selbstmordserie einen Fall zu basteln, der uns zusätzliche Arbeit bringt. Wir haben genug zu tun, verstanden?«

Günther Düker nahm Haltung an und sagte: »Jawoll, Herr Polizeirat!«

Lungs Augen formten sich zu Schlitzen. Ein bisschen gefährlich sah es schon aus. »Machen Sie sich etwa lustig über mich, Düker?«

»Aber Herr Polizeirat, das würde ich nie wagen!«

Mit einem Donnerschlag fiel die Tür ins Schloss. Günther Düker setzte sich wieder, nahm einen Schluck Kaffee und fuhr fort, die Zeitung zu lesen. Keine Minute später klopfte es. Er ließ ein deutliches »Herein!« vernehmen.

»Guten Morgen, Chef!«

Düker sah auf. Sein junger Kollege Niels Conrad trat ein. Niels mit ›ie‹, wie er immer wieder betonte. »Morgen, Conrad, was gibt's denn?«

»Haben Sie das mit den Valiumtoten gelesen?«

»Ja, gerade eben.« Düker tippte mit seinem großen Zeigefinger auf den Zeitungsartikel.

»Heute früh gegen 8 Uhr rief meine Hausärztin an, Frau Dr. Adele Spindler, hier aus Offenbach. Sie weiß, dass ich bei der Polizei bin, und wollte etwas Heikles mit mir besprechen.«

»Ging es um das Valium?«

Polizeikommissar Niels Conrad nickte. Sein Gesicht war gerötet vor Aufregung.

»Moment«, sagte Düker, »schließen Sie zuerst die Tür. Lung darf das nicht hören. Er hat mich soeben angewiesen, auf keinen Fall zusätzliche Arbeit ins Revier zu holen, und schon gar nicht diesen Valiumfall.«

»Oh, das wusste ich nicht.« Niels Conrad schloss die Tür.

»Keine Sorge«, sagte Düker, »wegen einer vorübergehenden Fehlbesetzung in der Revierleitung werden wir ja nicht aufhören, Verbrecher zu jagen. Setzen Sie sich.«

»Danke. Bei der Doktorin wurde vor vier Wochen ein Rezeptblock aus der Praxis gestohlen. Sie hat aber keine Anzeige erstattet.«

Düker schüttelte unwillig den Kopf.

»Sie hat sich wohl geschämt. Zumindest hält sie die Rezeptblöcke jetzt verschlossen, die lagen nämlich zuvor frei an der Anmeldung herum.«

»Das heißt, jeder hätte in einem unbeobachteten Moment zugreifen können?«

»So ist es. Und letzte Woche haben zwei Apotheker bei ihr angerufen, warum ihr Umsatz an Valium so angestiegen sei. Das zusammen mit der heutigen Zeitungsmeldung hat sie dazu bewegt, mit mir Kontakt aufzunehmen.«

»Gut, das heißt, sie vertraut Ihnen.«

Niels lächelte. »Ich denke schon. Und was machen wir jetzt, Chef?«

Düker überlegte. »Die Rezepte auf dem Block sind ja nicht blanko unterschrieben worden, oder?«

»Nein, nur gestempelt, die Unterschrift von Frau Dr. Spindler muss gefälscht worden sein.«

»Gut, Sie suchen in unserer Datenbank nach einschlägigen Kandidaten, die für solch eine Straftat infrage kommen, kombinieren Sie Drogendelikte mit Urkundenfälschung. Da sich alles auf das Stadtgebiet konzentriert, nehmen wir uns zuerst diejenigen vor, die in Offenbach und Umgebung wohnen.«

»Geht klar, Chef!«

»Und passen Sie auf, dass Lung Sie nicht erwischt.«

»Ist das ungesetzlich, was wir hier tun?«

»Nein. Das ist kreativer Ungehorsam.«

Eine halbe Stunde später fuhren sie los. Düker saß auf dem Beifahrersitz des Streifenwagens und hielt die drei Datensätze, die der Polizeicomputer mit höchster Priorität gekennzeichnet hatte, ausgedruckt in der Hand. Der erste Kandidat hieß Kevin Walter, war 23 Jahre alt und wohnte in der Jacques-Offenbach-Straße. Er öffnete sofort die Tür.

»Kennen Sie ein Medikament namens Valium?«, fragte Düker den 23-Jährigen.

»Natürlich«, antwortete Kevin Walter, »das habe ich immer im Haus, falls ich einen epileptischen Anfall bekomme, dann muss ich es einnehmen.«

»Entschuldigung, aber ich muss das fragen: Wie oft haben Sie denn einen epileptischen Anfall?«

»Na ja, im Schnitt alle zwei Wochen.«

Düker nickte. »Wer ist Ihr Hausarzt?«

»Frau Dr. Spindler.«

»Seit wann sind Sie bei ihr in Behandlung?«

Kevin Walter überlegte kurz. »Seit etwa vier Wochen. Davor hab ich in Frankfurt gewohnt und war dort bei 'nem anderen Doc.«

»Wie viel nehmen Sie von dem Zeug?«

»Hier, so 'ne Packung reicht ungefähr drei Monate.« Polizeikommissar Niels Conrad notierte sich Packungsgröße und Bestellnummer.

»Wir überprüfen das. Haben Sie schon mal was von den Tabletten verkauft?«, fragte Günther Düker.

Kevin Walter schüttelte den Kopf. »Die Zeiten sind vorbei. Deswegen bin ich aus Frankfurt weggezogen, musste von den alten Kumpels Abstand gewinnen.«

Der zweite Kandidat war Marcel Fichte, 33 Jahre, wohnhaft in der Dietzenbacher Straße. Beim Anblick seines heruntergekommenen Zimmers nahm das Wort »Wohnhaft« eine völlig andere Bedeutung an. Auf dem Tisch lag ein Heroinbesteck. Die Diskussion über Valium war schnell beendet. Mit solchen Süßigkeiten würde er sich nicht mehr abgeben, meinte Fichte, er brauche härtere Sachen.

Günther Düker ließ jedoch nicht so schnell locker. Die Beschaffungskriminalität bei Süchtigen konnte viele Formen annehmen. »Wer ist Ihr Hausarzt?«

»HAUS-Arzt?«, lallte Marcel Fichte. »Schau disch ma um hier, meinsde die Spindler kommt hier rein? Isch bin froh, wenn isch an mei Methadon komm, des sach ich dir, Alter!«

»Und das bekommen Sie von Frau Dr. Spindler?«

»Joo.«

»Wie oft?«

»Alle zwei Woche. Des klappt. Uff die Spindler lass isch nix komme, verstehsde?«

Der dritte Kandidat hieß David Zinser. Er war 41 Jahre alt und wohnte in Gravenbruch. Düker rief seinen Kollegen in der Polizeistation Neu-Isenburg an, um sich die Erlaubnis einzuholen, ausnahmsweise in seinem Gebiet ermitteln zu dürfen. PHK Kurt Jansen gab sofort seine Zustimmung.

Zinser war ein höflicher Mann, der sie in die Wohnung bat. Düker kam direkt zur Sache. »Herr Zinser, kennen Sie ein Medikament namens Valium?«

»Ja, das sagt mir etwas, ich glaube das sind Tabletten zur Beruhigung, meine geschiedene Frau hat sie oft genommen.«

»Und Sie?«

»Nein, ich brauche so etwas nicht.«

»Herr Zinser, Sie werden verdächtigt, mehrere Rezepte für Valium gefälscht zu haben.«

»Na, kommen Sie, Herr Polizeihauptkommissar, ich habe zwar schon ab und zu Unterschriften gefälscht, aber noch nie die Unterschrift einer Frau, das ist zu schwierig. Das gebe ich offen zu.«

»Okay, wenigstens sind Sie ehrlich. Seit wann sind Sie geschieden?«

»Seit knapp zwei Jahren.«

»Haben Sie noch Kontakt zu ihrer Exfrau?«

»Ja, alle vier Wochen, wenn ich meinen Sohn abhole. Wir verstehen uns inzwischen wieder recht gut, so normal eben.«

»Sind Sie Patient bei Frau Dr. Spindler?«

»Nein, ich nicht.«

»Sie nicht, aber Ihre Frau, oder?«

»Ich weiß nicht genau, kann sein.«

»Gut, vielen Dank, das war's erst mal. Falls wir noch Fragen haben, kommen wir wieder.«

»Jederzeit gerne!«, sagte David Zinser.

Auf dem Rückweg nach Offenbach redeten sie kaum. Günther Düker dachte nach. Kurz vor der Stadtgrenze an der Sprendlinger Landstraße rief er plötzlich: »Halt an! Mensch, halt sofort an!«

Niels Conrad bremste und bog scharf rechts ab zur Stadtbus-Endhaltestelle. »Chef, Sie haben mich eben geduzt!«

»Ach, hab ich das? Na gut, dann … ich bin der Günther.«

»Danke. Ich bin der Niels mit ›ie‹. Warum sollte ich denn anhalten?«

»Ich weiß, wer der Rezeptfälscher ist!«

»Echt? Das ist ja cool!« Niels schaltete das Blaulicht ein. »Wo soll's denn hingehen, Günther?«

Wohin dirigiert Günther Düker seinen Kollegen? In die Jacques-Offenbach-Straße zu Kevin Walter, in die Dietzenbacher Straße zu Marcel Fichte oder zurück nach Gravenbruch zu David Zinser?

Lösung: 12. Rätsel-Krimi

David Zinser ist der Rezeptfälscher. Ohne dass Günther Düker etwas von einer Ärztin sagte, meinte er, dass er die Unterschrift einer Frau nicht fälschen könne. Den Namen von Frau Dr. Spindler erwähnte Düker erst nach Zinsers Bekenntnis. Damit verriet dieser sich selbst.
Auch in der Zeitung kann nichts von Frau Dr. Spindler gestanden haben, da diese sich erst um 8 Uhr an diesem Tag, also nach Erscheinen der Zeitung, vertraulich an Niels Conrad gewandt hatte. Im Übrigen ist es nicht auszuschließen, dass Zinsers Exfrau den Rezeptblock für ihn gestohlen hat.

13. WER DIE WAHL HAT

Polizeihauptkommissar Günther Düker stand mit seiner Kollegin Bettina Blum vor dem Café Stääbche am Wilhelmsplatz. Die beiden waren ein gutes Team, schon seit Jahren. Wenn Düker mit Bettina unterwegs war, fühlte er sich wohl, denn er vertraute ihr. Und er wusste, dass sie umgekehrt ebenso dachte. Im Polizeidienst konnte dies an manchen Tagen lebenswichtig sein. Und heute, am 7. März 2016, war solch ein Tag.

Überall um den Wilhelmsplatz herum standen Polizisten, wie ein Kordon riegelten sie den gesamten Platz ab. Wer hindurch wollte, musste sich einer Personenkontrolle unterziehen. Düker war für den südwestlichen Teil des Platzes verantwortlich, vom Bistro Le Belge über die Bleichstraße, das Café Stääbche, das Steakhaus Fleischeslust, die Brasserie beau d'eau und die Taverna Megaron bis zur Rosen-Apotheke. Dükers Kollege Polizeihauptkommissar Jürgen Bentner vom 1. Revier hielt die Stellung im nordöstlichen Teil des Wilhelmsplatzes. Der Grund: In einer Viertelstunde würde der hessische Minister für Bundesangelegenheiten eine Wahlrede halten. Er war eine wichtige Figur des diesjährigen Doppelwahlkampfs in Bund und Land: Zum einen wurde er als Vize-Ministerpräsident in Hessen gehandelt, zum anderen hatte er aufgrund seiner derzeitigen Position einen nicht unerheblichen Einfluss auf das politische Geschehen in Berlin. In der Mitte des Platzes, wo bald der neue Bürgerbrunnen gebaut werden sollte, stand ein großes Podium. Seine Bühne. Dort würde er in Kürze den diesjährigen Leitspruch seiner Partei skandieren: »Wer die Wahl hat, hat die Qual – und wir quälen Sie am wenigsten!«

Düker war nervös. Nicht wegen der Aufgabe, die Polizeirat Lung ihm mit den aufmunternden Worten »Verbocken Sie's nicht, Düker!« zugeteilt hatte, nein, mehr wegen der wachsenden Menschenmenge, die den Wilhelmsplatz füllte. Irgendwann würde es die Sicherheitslage erfordern, den Zugang zu sperren. Über das Funkgerät beratschlagte er sich mit Bentner und sie beschlossen, direkt nach dem Eintreffen des Ministers den Platz abzuriegeln. Wenige Minuten später rollte die Wiesbadener Staatskarosse durch die abgesperrte Bleichstraße und hielt wie geplant vor der Hausnummer 14. Günther Düker schmunzelte, als ihm der inhaltliche Zusammenhang zwischen dem Theateratelier im Hinterhof dieses Hauses und dem hier gerade ablaufenden Schauspiel klar wurde. Die Personenschützer des Ministers stiegen zuerst aus und sondierten die Lage. Schwarzer Anzug, ausgebeulte Jacke, Knopf im Ohr. Völlig unauffällig. Dann folgte der Minister mit seiner Frau. Um niemandem zu nahe zu treten, soll auf eine nähere Beschreibung dieser beiden Figuren verzichtet werden. Durch eine von Polizeibeamten gebildete Gasse bewegte sich der Ministerpulk unter zunehmender Anteilnahme der Zuschauer in Richtung Bühne. Es kam Bewegung in die Menge, der Lärmpegel stieg, das Gedränge nahm zu.

Günther Düker griff zum Funkgerät. »Leitung West an alle: Der Wilhelmsplatz wird sofort abgeriegelt. Keine weitere Person betritt den Bereich innerhalb unseres Riegels, außer mit meiner persönlichen Erlaubnis!«

Bettina Blum hatte die Kollegen, die zuvor die Gasse

für den Minister gebildet hatten, zur Sicherung der Bleichstraße ab Kreuzung Waldstraße dirigiert. Düker war zufrieden. Er hatte alles im Griff.

»West 1 an Leitung West«, erklang es aus dem Funkgerät. Günther Düker wusste, dass dies sein Mitarbeiter Polizeikommissar Niels Conrad war. »Hier Leitung West, was ist los, Niels?«

»Günther, ich habe hier vor der Rosen-Apotheke eine männliche Person, die den Minister sprechen möchte. Er behauptet, sein persönlicher Referent zu sein, es ist dringend!«

Düker sah auf die Uhr. Noch sieben Minuten bis zum planmäßigen Beginn der Rede. »Festhalten, ich komme!« Er gab Bettina Blum einen Wink und die beiden liefen los. Sie kämpften sich durch die Menschenmenge, vorbei an der Kette der Polizeikollegen, mussten einen Umweg durch den voll besetzten Außenbereich eines Restaurants nehmen, bis sie schließlich die Apotheke erreicht hatten. Niels Conrad stand unschlüssig neben einem jungen Mann. Dieser mochte um die 20 sein. Gut gekleidet, dunkelblauer Anzug, kurzes, gescheiteltes Haar.

»Guten Tag, mein Name ist Düker, ich bin der Einsatzleiter. Wer bitte sind Sie?«

»Mein Name ist Jan Melzer, ich bin Mitglied des hessischen Landtags und der persönliche Referent des Ministers. Er braucht dringend sein Redemanuskript.« Damit hielt er eine schwarze Aktentasche hoch. »Er hat es im Büro vergessen, ohne das kann er nicht sprechen. Sie verstehen, es ist eilig …«

»Moment bitte, Herr Melzer«, sagte Düker. »Darf ich Ihren Ausweis sehen?«

Melzer hielt ihm einen Landtagsausweis entgegen. »Das dürfte wohl reichen …«

Günther Düker rang mit sich selbst. Wer die Wahl hat, hat die Qual. »Tut mir leid, Herr Melzer, ich brauche noch Ihren Personalausweis. Wir müssen das genau notieren, ich darf Sie um Verständnis bitten.«

Melzer zog den Personalausweis aus seinem Portemonnaie, während Polizeioberkommissarin Bettina Blum hinter ihm stand. Sie hielt Blickkontakt zu ihrem Chef.

Günther Düker studierte den Ausweis: Jan Melzer, wohnhaft in Wiesbaden, Biebricher Allee, geboren am 3. Juli 1995 in Stuttgart, Körpergröße 1,81 m, Augenfarbe graugrün.

Düker sah den Mann an. Körpergröße und Augenfarbe stimmten, das Bild passte ebenso.

»Was ist nun?«, fragte Melzer ungeduldig.

Düker warf Bettina Blum einen Blick zu, nur ein kurzer Augenaufschlag, dann wandte er sich wieder Jan Melzer zu. »Vielen Dank, Herr Melzer!«

Schon hatte Bettina Blum ihre Dienstwaffe gezogen und rief: »Melzer, nehmen Sie die Hände hoch! Los, ich will Ihre Hände sehen! Lassen Sie die Tasche fallen! Wird's bald!«

Melzer war beeindruckt. Er ließ die Aktentasche fallen und hob die Hände. Düker gab Niels Conrad ein Zeichen. Er ging auf Jan Melzer zu und tastete sein Jackett ab. Conrad nickte. Mit spitzen Fingern griff er in die Innentasche des Sakkos und förderte eine Pistole zutage. Handschellen klickten. Düker nickte Bettina dankbar zu. Es war nicht nötig, große Worte zu wechseln.

»Leitung West an Leitung!«

»Hier Leitung, was gibt's, Düker?«

»Wir haben soeben einen Attentäter festgenommen, Herr Polizeirat!«

Woher weiß Günther Düker, dass Jan Melzer ihm eine hessische Lügengeschichte auftischte?«

Lösung: 13. Rätsel-Krimi

In Hessen erlangt man das passive Wahlrecht erst mit 21 Jahren. Da Jan Melzer aber erst 20 Jahre alt ist, kann er zwar theoretisch der persönliche Referent des Ministers sein, aber nicht Mitglied des hessischen Landtags, wie er behauptete. Zudem stammt er aus Stuttgart, kennt also diese spezielle hessische Regelung möglicherweise nicht, denn in allen anderen Bundesländern kann man sich bereits mit 18 Jahren in ein Landesparlament wählen lassen. Deswegen ist in der Fragestellung der kleine versteckte Hinweis auf eine hessische Lügengeschichte enthalten.

14. TAG DER DEUTSCHEN EINHEIT

Polizeihauptkommissar Günther Düker hatte seinen morgendlichen Rundgang beendet. Er saß am Schreibtisch und war gerade dabei, seine E-Mails zu sichten, als es klopfte. »Herein!«

»Guten Morgen, Chef!«

»Hallo, Bettina!« Er lächelte seine Lieblingskollegin an.

»Sag mal, Günther, du hast mich am Freitag, dem Feiertag, tagsüber als Dienstgruppenleiterin eingeteilt. Ich wollte mal fragen, ob das ein anderer Kollege übernehmen kann, ich möchte gern das lange Wochenende nutzen, um meine Mutter in Hamburg zu besuchen.«

Düker schüttelte den Kopf. »Tut mir leid, Bettina, aber am Tag der Deutschen Einheit brauche ich jemanden auf dem Posten, auf den ich mich hundertprozentig verlassen kann. Und da kommst nur du infrage.«

Bettinas Blick trug eine Mischung aus Stolz und Unwillen.

»Ich selbst bin auch nicht abkömmlich«, fuhr Düker fort, »mein Patenkind hat Geburtstag, wie du weißt, immer am Tag der Deutschen Einheit. Dieses Jahr, am 3. Oktober 2014, wird sie 25 Jahre alt.«

»Ja, ich weiß, Jennifer, studiert sie nicht so etwas Brotloses …«

Düker lächelte. »Ja, Philosophie. Und sie hat immer noch die kleine Bude in Neu-Isenburg, beim Frankfurter Haus um die Ecke. Das ist praktisch, denn von dort kann sie bequem mit der Trambahn in die Uni fahren. Aber zurück zum Dienstplan. Im IHK-Gebäude findet am Donnerstag die offizielle Feier zum Tag der Deutschen Einheit statt, auch der Oberbürgermeister ist dort, keine besondere Gefahrenlage, aber wir müssen präsent sein. Ich habe alles eingeteilt und dich brauche ich hier als zentrale Leitung.«

Polizeioberkommissarin Bettina Blum brummte etwas Unverständliches vor sich hin.

»Bettina, wie wäre es, wenn du am Samstag zu deiner Mutter fährst und ich dir den Montag dafür freigebe?«

Sie lächelte: »Okay, abgemacht!«

In diesem Moment klingelte Dükers Telefon. Er nahm ab. »Meine Frau ist in der Wache?« Er hob die Augenbrauen. »Gut, schick sie hoch!«

»Dann gehe ich mal lieber«, sagte Bettina.

»Nein, nein, warte, Helga wird sich freuen, dich zu sehen.«

Kurz darauf wurde die Tür geöffnet und Helga Düker streckte den Kopf ins Zimmer. »Darf ich hereinkommen?«

»Selbstverständlich!«

Sie begrüßte zuerst Bettina Blum, gab dann ihrem Mann einen Kuss, den er vorsichtig abzuwehren versuchte. »Ich will nicht lange stören«, sagte sie, »wollte nur kurz mit dir besprechen, was wir Jennifer zum Geburtstag schenken, dann kann ich das gleich in Offenbach besorgen. Hier gibt es mehr Geschäfte als bei uns in Heusenstamm.«

»Ich wollte ihr eigentlich Geld schenken«, antwortete Günther Düker, »so eine verarmte Studentin braucht doch immer finanzielle Unterstützung.«

»Geld?« Helga Dükers Gesicht ließ deutliche Skepsis erkennen. »Das ist doch langweilig. Oder, Frau Blum?«

»Ja, finde ich auch.«

»Das stimmt schon«, erwiderte Günther Düker. »Aber ich wollte es mit einer Idee verbinden. Da sie nun mal am 3. Oktober Geburtstag hat, bekommt sie für jeden Einheitstag, den sie erlebt hat, einschließlich dem diesjährigen, 10 Euro. Macht zusammen immerhin 250 Euro. Hier schau, ich habe bereits eine Geburtstagskarte vorbereitet.«

Seine Frau betrachtete nachdenklich die Karte. »Na ja, keine schlechte Idee. Aber bist du sicher mit dem Betrag? 250 Euro?«

»Ja«, antwortete Düker. »Ich habe erst 1990 angefangen zu zählen, denn 1989, im Jahr ihrer Geburt, galt noch der 17. Juni als Tag der deutschen Einheit, sodass sie den Feiertag in diesem Jahr sozusagen per Spätgeburt verpasst hat.«

Helga überlegte. »Hmm, gut gedacht, Günther, ich finde trotzdem, dass es 260 Euro sein müssten.« Sie sah Bettina an. »Oder was meinen Sie, Frau Blum?«

Bettina Blum hob die Schultern. »Ich weiß nicht, vielleicht bin ich etwas zu jung und kann die Ereignisse in der Wendezeit nicht so gut beurteilen wie Sie …«

»Das kann natürlich sein«, antwortete Helga Düker. »Ich bleibe jedenfalls bei den 260 Euro!«

Wer hat recht in diesem kniffligen Fall? Günther Düker mit 250 Euro oder seine Frau Helga mit 260 Euro? Und welche Ereignisse der Wendezeit sind dafür verantwortlich?

Mit seiner Erklärung zum Jahr 1989 liegt Günther Düker vollkommen richtig. Aber: Am 23. August 1990 um 2.30 Uhr erklärte Sabine Bergmann-Pohl, die Präsidentin der Volkskammer, den Beitritt der DDR zum »Geltungsbereich des Grundgesetzes der Bundesrepublik Deutschland« mit Wirkung vom 3. Oktober 1990, dem neuen Tag der Deutschen Einheit. Am 17. Juni 1990 war dieser Beitrittstermin noch nicht bekannt, sodass der Feiertag zur deutschen Einheit im Jahr 1990 zwei Mal begangen wurde. Somit kommt man in der Summe auf 26 Einheitsfeiertage, die Jennifer erlebt hat. Und auf 260 Euro Geburtstagsgeld. Helga Düker hat also recht.

Lösung: 14. Rätsel-Krimi

15. DAS FUSSBALL-ALIBI

Polizeihauptkommissar Günther Düker war es gewohnt, Aussagen vor Gericht zu machen. Er pflegte ausführliche, sachliche Berichte zu schreiben, anhand derer er sich jeden Fall exakt wieder ins Gedächtnis rufen konnte.

Auch die Fälle von Emil Emmrich. Düker kannte Emil gut, er hatte schon an einigen Gerichtsverhandlungen teilgenommen, bei denen Emmrich auf der Anklagebank gesessen hatte, immer wegen relativ kleiner Delikte: Taschendiebstahl beim Offenbacher Bierfest, Kaffeekasse in Bieber ausgeräumt, Ladendiebstahl im Ringcenter. Jedes Mal hatte ausgerechnet Günther Düker ihn festgenommen und Emil Emmrich hatte es widerstandslos geschehen lassen. Körperliche Gewalt war sowieso nicht sein Markenzeichen. Als spindeldürrer, 1,60 Meter großer Mann von 63 Jahren hätte er gegen den kräftigen Polizeihauptkommissar auch keine Chance gehabt.

Nur ein Fall, der war noch offen. Emmrich wurde verdächtigt, einen Wohnungseinbruch in Tempelsee begangen zu haben. Lange hatte ihm nichts nachgewiesen werden können, doch nun waren einige Stücke aus dem Raub in einem Frankfurter Pfandhaus aufgetaucht und die Spur führte zu Emil. Wie ein Häufchen Elend saß er vor dem ehrenwerten Richter Stramme auf der Anklagebank.

»Emmrich«, sagte der Richter. »Sie schon wieder! Können Sie nicht mal aufhören zu klauen? Oder sich wenigsten nicht erwischen lassen.«

»Daran ist der schuld!«, sagte der Angeklagte und zeigt auf Düker. Der Richter lachte und Düker lachte mit.

»Also …«, Richter Stramme wurde nun etwas förmlicher, »… Emil August Emmrich, wohnhaft in Offenbach, und so weiter … das kennen wir ja, Sie werden beschuldigt, im Juni 2012 einen Wohnungseinbruch in Offenbach-Tempelsee, Donauweg, begangen zu haben.« Er zählte noch einige Details des Einbruchs auf.

»Ich kann das gar nicht gewesen sein«, jammerte Emil. »Ich hab Fußball geschaut, in Gerds Kneipe, die kennen Sie doch, Herr Düker, da haben Sie mich mal festgenommen wegen …«

»Wegen Zechprellerei, ich weiß. Wundert mich, dass Gerd Sie überhaupt noch reinlässt.«

»Jedenfalls lief da gerade die Europameisterschaft in Polen und der Ukraine. Erst hab' ich das Halbfinale Spanien gegen Portugal geschaut, 4:2 für Spanien, dann einen Tag später das andere Halbfinale, Deutschland gegen Italien, ich sag nur Balotelli. Und zur Zeit des angeblichen Einbruchs saß ich wieder bei Gerd und hab' das Spiel um den dritten Platz geschaut. Also, was wollen Sie eigentlich von mir?«

»Nun, das klingt erst einmal plausibel«, sagte Richter Stramme. »Gibt es dafür Zeugen?«

»Entschuldigung, Herr Vorsitzender«, ging Günther Düker dazwischen, »das kann gar nicht sein. Emil … also, ich meine Herr Emmrich, der lügt.«

»Er lügt?«

»Ich lüge?«, schob Emil hinterher.

»Ja, du … äh, Sie … Er lügt!«

Der Richter hob die Augenbrauen. »Nun, Herr Polizeihauptkommissar, dann erklären Sie uns doch bitte, welcher Teil von Herrn Emmrichs Aussage falsch sein soll!«

»Gerne, Herr Vorsitzender, also, es ist so …«

Welcher Teil von Emil Emmrichs Aussage ist gelogen?

Lösung: 15. Rätsel-Krimi

Bei Europameisterschaften gibt es kein Spiel um den dritten Platz, nur bei Weltmeisterschaften. Somit ist Emmrichs Alibi geplatzt.

16. DER HAUPTGEWINN

Polizeihauptkommissar Günther Düker mochte keine Weihnachtsfeiern. Doch an der Feier der Stadtverwaltung Heusenstamm musste er teilnehmen, wenn er keinen Ehekrach heraufbeschwören wollte. Für seine Frau Helga, die in der städtischen Buchhaltung arbeitete, war dies der Höhepunkt des Jahres. Erschwerend kam hinzu, dass sie Günther unbedingt ihre neue Arbeitskollegin Nadine vorstellen wollte, die ja so nett sei und so hilfsbereit und zudem sehr gut aussah. Letzteres würde Günther natürlich nicht interessieren – meinte Helga. Sie hatte ihm auch das Programm schmackhaft gemacht: eine Ansprache des Bürgermeisters, ein tolles Essen – irgendwas mit Geflügel und Rotkraut, mehr wusste sie nicht –, eine Tombola, zu der die ortsansässigen Geschäfte eine Menge sinnfreier Geschenke aus ihren Kellern geholt hatten und zur Krönung diverse Aufführungen von Weihnachtsliedern – so goldig! Bei Düker stellten sich sämtliche Nackenhaare gen Himmel. Immerhin, dazu nickte er anerkennend, hatte die Sparkasse 500 Euro in bar als Tombola-Hauptgewinn spendiert.

Düker warf sich in seinen schwarzen Anzug, Helga in ihr Glitzerkleid. Kurz bevor sie das Haus verließen, bemerkte Helga, dass sich Günther aus Versehen eine seiner blauen Dienstkrawatten umgebunden hatte. Er lief ins Schlafzimmer und kam mit einem schwarzen Binder zurück, Helga traf fast der Schlag – »wir gehen doch nicht auf eine Beerdigung!« Sie suchte ihm eine knallrote Krawatte heraus, eine die er hasste, aber nun war auch schon alles egal.

Die Promidichte im Heusenstammer Schloss war beträchtlich, zumindest wenn man den innerörtlichen Maßstab anlegte. Der Bürgermeister begrüßte sie mit Handschlag, es gab Sekt und Glühwein, Düker trank Bier und versuchte sich im Small Talk, aber nicht sonderlich erfolgreich – schönes Kleid, Frau Bürgermeister, hat mir letztes Jahr schon gut gefallen!

Helga stellte ihm Nadine vor, in der Tat eine attraktive Frau, blonde Haare und lange Beine, dazu ein rotes Kleid. »Ach, ich muss euch meinen Freund vorstellen«, flötete Nadine, Günther Düker gleich mit in ihre Duzgemeinde einschließend, »hier ist er: Thomas.«

Günther Düker traute seinen Augen kaum: Thomas Hirzenhain. Vor rund einem Jahr hatte er Hirzenhain in den Polizeiposten Rodgau versetzen lassen, damit er dort etwas nachdenken und dazulernen konnte. Ehe sie sich begrüßen konnten, begann das Blockflötenensemble der Matthias-Claudius-Schule unter Leitung der Musiklehrerin »Schneeflöckchen, Weißröckchen« zu intonieren.

Die anschließende Gänsekeule mit Rotkraut und Klößen schmeckte überraschend gut und Dükers Laune besserte sich allmählich. Sein Wiedersehen mit Thomas verlief sehr harmonisch. Dann folgte der Rembrücker Posaunenchor mit »Alle Jahre wieder«. Den Nachtisch ließ Düker aus, begleitet von Helgas wohlwollendem Nicken meinte er, ein wenig auf seine Linie achten zu wollen, und lauschte stattdessen dem Chor der Stadtverwaltung mit »Kling, Glöckchen, klingelingeling«.

Dann ging es zur Tombola. Was Günther Düker bis dahin nicht wusste: Der Filialleiter der Sparkasse hatte den Hauptgewinn in bar mitgebracht. Die fünf 100-Euro-Scheine thronten in einem roten Umschlag, der farblich genau zu Dükers Krawatte passte, ganz oben auf dem Haufen der Tombolapäckchen.

Keiner konnte mehr genau nachvollziehen, was dann passierte, jedenfalls gellte plötzlich ein Schrei durch den Saal: »Das Geld ist weg!«

»Wie bitte?«, fragte der Bürgermeister, der die Tombola höchstpersönlich moderieren sollte.

»Es ist weg«, rief der Sparkassenmann aufgeregt, »ich habe den roten Umschlag oben auf die Päckchen gelegt, die Lehrerin hier … Frau Terzcis … die kann es bezeugen!«

Die Angesprochene war eine Dame in den Fünfzigern mit einer gold berandeten Brille. Sie nickte. Ihre Blockflöten waren bereits nach Hause gegangen. »Und Herr Gagfedler vom Posaunenchor war auch dabei!«, sagte sie.

»Ja«, antwortete Gagfedler, ein Mensch mit großem Resonanzraum, »und auch Herr Habenicht vom gemischten Heusenstammer Stadtverwaltungsmitarbeiterchor!«

Habenicht bestätigte das mit einem kurzen Nicken. Er war höchstens 30 Jahre alt und trug ein Jeanshemd mit aufgesticktem Nikolaus.

»Thomas«, sagte Nadine vorsichtig, »du bist doch Polizist, kannst du das nicht aufklären?«

»Äh ja … ich werd's versuchen«, stotterte Thomas Hirzenhain und sah Günther Düker Hilfe suchend an. Düker hatte zwar keine besondere Lust, auf der Weihnachtsfeier den Detektiv zu spielen, aber Helga und Nadine drängten ihn, zu helfen. Etwa eine halbe Stunde lang vernahmen

Düker und Hirzenhain die Anwesenden, trugen Fakten zusammen und machten sich Notizen. Dann trafen sie sich in einem Nebenraum mit den beiden Frauen und werteten die Ergebnisse aus. Schnell stellte sich heraus, dass es nur eine der drei Personen gewesen sein konnte, die den Filialleiter bei der Positionierung des roten Umschlags beobachtet hatten.

Mitten in der Diskussion sagte Helga Düker plötzlich: »Moment mal, ich weiß, wer es war. Ich habe bei dieser Person einen roten Umschlag aus der Tasche herausschauen sehen, ungefähr so rot wie deine Krawatte, Günther.«

»Ja, das passt«, sagte Düker, »also, wer war's?«

Helga wand sich auf ihrem Stuhl. »Das kann ich nicht sagen.«

»Was?«, rief Düker. »Wieso denn nicht?«

»Na ja, weißt du, ich kenne alle drei gut, Inge Terzcis ist eine Schulfreundin, Hans Gagfedler vom Posaunenchor ist unser Gärtner, der macht immer alles so schön und ist wirklich nett …«

»Ja, ja, und weiter?«

»… und Jan Habenicht ist mein Arbeitskollege. Ich kann keinen der drei anzeigen!«

»Aber Frau Düker«, sagte Hirzenhain, »Sie müssen ja niemanden anzeigen, Sie machen lediglich eine Aussage!«

»Nein – das geht nicht!« Trotzig saß Helga da und verschränkte die Arme.

Nadine bat die beiden Männer, allein mit Helga reden zu dürfen. Widerwillig gingen Düker und Hirzenhain durch einen Seiteneingang in den Schlosshof, um frische Luft zu schnappen. Einige Minuten später rief Nadine sie wieder herein. »Wir haben eine Lösung gefunden.«

»Da bin ich ja mal gespannt«, sagte Günther Düker.

»Ich gebe euch ein Rätsel«, sagte Helga Düker, »ein schweres Rätsel, wenn ihr es erratet, dann soll es eben so sein.«

»So eine Art Gottesurteil?«, fragte Düker.

»Nennen wir es Schicksalsurteil. Jedenfalls bin ich dann moralisch aus dem Schneider.«

Hirzenhain setzte sich. »Also gut, Frau Düker, dann her mit dem Rätsel!«

Düker verdrehte die Augen und setzte sich ebenfalls.

»Ohne jährliche Vorzeichen!«, sagte Helga Düker. Nadine lächelte wissend.

»Was soll das denn?«, fragte Günther Düker.

»Das ist das Rätsel: ›ohne jährliche Vorzeichen‹. Nun überleg doch mal!«

»Ich verstehe dich nicht!«, erwiderte Düker.

»Den Eindruck habe ich auch des Öfteren!«, konterte Helga.

Ruckartig sprang Thomas Hirzenhain auf und ging hinaus in den Saal. Die drei im Nebenraum hörten, wie er mit verschiedenen Personen sprach, dann kam er mit einem Papierbogen zurück. Er setzte sich etwas abseits an einen Tisch und grübelte. Nach wenigen Minuten sah er auf. »Ich hab's! Ich weiß, wer der Dieb ist.«

Wen hat Helga Düker mit dem roten Umschlag gesehen: Frau Terzcis, Herrn Gagfedler oder Herrn Habenicht? Und wie kommt Thomas Hirzenhain auf die Lösung?

»Ohne jährliche Vorzeichen!« – das war Helga Dükers Rätsel. Alle drei Verdächtigen stehen mit den Weihnachtsliedern in Verbindung, entweder über die Blockflöten, die Posaunen oder den Chor. Also konzentrierte sich Thomas Hirzenhain auf die Lieder. Das Wort »jährlich« weist auf das Weihnachtslied »Alle Jahre wieder« hin. Da Hans Gagfedler der Leiter des Posaunenchors ist, bringt ihn schon dies in Verdacht.

Zudem besorgte sich Thomas Hirzenhain das Notenblatt der Posaunengruppe. »Ohne Vorzeichen« bedeutet, dass das Lied in C-Dur gesetzt ist. Die ersten sechs Noten des Liedes sind g a g f e d, entsprechend der Textzeile »Alle Jahre wieder«. Diese sind identisch mit den ersten sechs Buchstaben von Hans Gagfedlers Nachnamen, ihn hat Helga Düker also mit dem roten Umschlag gesehen.

17. GOTTESMUTTER

Polizeihauptkommissar Günther Düker hatte ein Problem: Seine Kollegin Bettina Blum war wegen einer Verletzung der Achillessehne ausgefallen, sie saß mit Gipsfuß, Chips und Cola vor dem Fernseher. Nun musste er einen Ersatz für die kommende Nachtschicht finden.

»Lösen Sie das Problem, Düker!«, hatte Polizeirat Lung gesagt. »Egal wie, aber lösen Sie es!«

Düker brachte es nicht übers Herz, den Nachtdienst einem Kollegen aufzuhalsen, so blieb nur eine Möglichkeit: Er musste den Dienst selbst übernehmen. Seine Frau Helga war darüber keineswegs erfreut, denn es handelte sich nicht um irgendeine Nacht, sondern um die Silvesternacht. Doch als sie hörte, dass Günther eine verletzte Kollegin vertreten wollte, lobte sie sein großes Polizistenherz und verabredete sich mit ihrer Schwester zu einem gediegenen Fernsehabend – Schwager Willi, Tante Irene, Andy Borg und der Silvesterstadl: alles inklusive.

Günther Düker befand sich auf Kontrollfahrt mit seinem jungen Kollegen, Polizeikommissar Niels Conrad. Niels mit »ie«. 22 Uhr am Silvesterabend – bisher alles ruhig. Sie befuhren gerade den Odenwaldring in der Nähe des Ringcenters, als die Stimme des Dienstgruppenleiters aus dem Funkgerät drang: »Schlägerei mit mehreren Personen in einer Bar am alten Schlachthof. Die Kollegen vom 1. Revier brauchen Unterstützung. Wer ist frei?«

Düker gab Niels Conrad ein Zeichen, dann griff er nach dem Funksprechgerät: »Hier OF3, wir sind in fünf Minuten dort!«

Polizeikommissar Conrad schaltete Blaulicht und Martinshorn ein, fuhr vorsichtig über die Kreuzung mit der Senefelderstraße und rauschte dann den Odenwaldring entlang.

Über Funk hörten sie, dass zwei weitere Einsatzfahrzeuge des 1. Reviers unterwegs waren. Sie erreichten als Erste die Lounge-Bar, im Rückspiegel sahen sie schon die Blaulichter der Kollegen.

»Niels, du bleibst hinter mir«, sagte Düker. »Und nimm die Kamera mit!«

Er lockerte vorsichtshalber die Verriegelung seines Schlagstocks am Gürtel, war sich aber recht sicher, dass er diesen nicht benötigen würde.

In der Lounge-Bar bot sich ein Bild der Verwüstung. Flaschen lagen auf dem Boden, ein Tisch war umgekippt, Menschen schrien, Fäuste flogen, ein dünner Mann – offensichtlich der Wirt – versuchte, das Menschenknäuel zu trennen, Bier und Wein flossen über den Boden, und die Musik heizte das Ganze noch auf.

Polizeihauptkommissar Düker atmete tief ein. Dann brüllte er mit seiner energischen Baritonstimme: »Alles hört auf mein Kommando!«

Augenblicklich hielten alle inne. Niels Conrad sah Düker mit großen Augen an, vier weitere Kollegen standen jetzt hinter ihnen.

»Keiner rührt sich vom Fleck!«, rief Düker, während Tom Jones im Hintergrund seine Sex Bomb besang. »Ich bin Polizeihauptkommissar Günther Düker. Wir werden alles klären, Sie müssen aber mit uns kooperieren. Und keiner verlässt den Raum!« Er gab den anderen Kollegen ein Zeichen, die Ausgänge zu besetzen.

»Alfo hören Fie mal …«, begann ein junger Mann mit geschwollener Lippe.

»Moment, bitte, erst, wenn Sie dran sind. Wer ist der Wirt?«

»Ich!«, sagte der dünne Menschenknäuelflüsterer.

»Wie heißen Sie?«

»Osborne.«

»Schalten Sie bitte die Musik ab!«

»Okay …« Tom Jones gab urplötzlich auf.

»Niels?«

»Ja, Chef?«

»Du fotografierst dieses Chaos, wir brauchen Beweisfotos!«

»Geht klar, Chef!«

»Osborne?«

»Hier!«

»Sie sagen mir bitte, wie die Schlägerei angefangen hat. Und alle anderen setzen sich.«

Mehrere Personen nickten, jeder suchte sich einen Stuhl, einige waren offensichtlich froh, sich endlich ausruhen zu können.

»Also, das war so«, begann Osborne. »Hier sind zwei Silvestergesellschaften, die einen an dem rot dekorierten Tisch …«, er zeigte auf eine lange Tischreihe, an der etwa 15 Personen saßen, »und die anderen dort an dem gelben Tisch.«

Die gelbe Tischdekoration war kaum noch als solche zu erkennen, zwei Männer hatten den umgestürzten Tisch wieder aufgerichtet, zwei Personen suchten in dem Chaos noch immer nach einem Stuhl.

Osborne zeigte auf eine Brünette am roten Tisch. »Plötzlich stand die Dame hier auf und schrie im ganzen Lokal herum, ihre Geldbörse sei geklaut worden. Sie beschuldigte die Leute vom gelben Tisch und schon ging die Schlägerei los.«

Düker wandte sich an die Brünette. »Wie heißen Sie bitte?«

»Eva.«

»Gut. Berichten Sie bitte in Ruhe, was passiert ist!«

»Also …«, sie holte tief Luft, »meine Handtasche hing hier über dem Stuhl. Da war mein Portemonnaie drin mit ziemlich viel Geld, ich wollte nämlich alle an unserem Tisch einladen, weil ich gestern einen runden Geburtstag hatte.«

»Wie viel?«, fragte Düker.

»800 Euro!«

»Oh, eine Menge Geld. Haben Sie Ihr Portemonnaie irgendwann einmal geöffnet, sodass jemand sehen konnte, dass viel Geld drin war?«

»Nein, natürlich nicht … obwohl … in der Toilette, ja, da habe ich mal nachgesehen, ob das Geld noch da ist.« Sie warf Düker einen unsicheren Blick zu.

»Kann Sie dabei jemand beobachtet haben?«

»Schon möglich … also, ich weiß es nicht.«

Der Mann mit der geschwollenen Lippe, der ihr gegenübersaß, meldete sich. Düker gab ihm ein Zeichen, zu sprechen. »Wir alle am roten Tisch wufften, daff Eva unf einladen wollte, ef wäre ja blöd von unf gewefen, daf Geld zu klauen. Und Eva hat ein paar Minuten, nachdem fie von der Toilette kam, bemerkt, daff ihre Geldbörfe weg ist.«

»Woher wiffen … äh, woher wissen Sie das so genau?«, fragte Düker.

»Weil Ofborne zu jeder vollen Ftunde eine Anfage macht. Fo 'ne Art Filvefter-Countdown. Und genau zur 22-Uhr-Anfage kam fie zurück.«

Düker nickte. Dann ging er zu einem stämmigen Typ mit grünem Hemd und blutunterlaufenem Auge, der am gelben Tisch saß.

»Wie ist Ihr Name?«

»Simon«, sagte Blutauge.

»Haben Sie zuvor auch schon auf diesem Platz gesessen, sozusagen Rücken an Rücken mit Eva?«

»Ja, habe ich, na und?«

»Wer ist die blonde Dame neben Ihnen?«

»Meine Freundin Rebecca.«

»Gut, Rebecca …«, er wandte sich der Blonden zu. »Wo war Ihr Freund in den Minuten direkt nach der 22-Uhr-Ansage?«

»Äh, jedenfalls nicht auf seinem Platz. Ich glaube, er wollte an der Bar einen Cocktail trinken«, antwortete sie.

Düker sah Simon an. »Was für einen Cocktail haben Sie getrunken?«

»Eine Gottesmutter.«

»Eine Gottesmutter?«

»Ja, der heißt eben so, den kenne ich aus London. Ich habe an der Bar gesessen und dem Barkeeper beim Mixen der Gottesmutter zugeschaut. Gin und Amaretto auf Eis.«

»Gut, wer sitzt auf Ihrer anderen Seite?«

»Meine Schwester Maria und mein Schwager Jupp. Sind aus Köln zu Besuch.«

Die beiden nickten.

Osborne kam auf Düker zu und winkte, so als wolle er ihm etwas ins Ohr flüstern. Düker beugte sich zu ihm herunter und lauschte. Dann nickte er und überlegte einen Moment.

»Niels, du nimmst bitte die Personalien aller anwesenden Gäste auf. Simon, Rebecca, Maria und Jupp, also … Josef, Sie kommen mit aufs Revier, folgen Sie bitte den Kollegen. Alle anderen können weiterfeiern.«

»Moment mal!«, rief Simon. »Nur weil diese Person hier …«, er zeigte er auf Eva, »… ihr Geld verschlampt hat, können Sie uns doch nicht einfach verhaften, dafür gibt es überhaupt keinen Grund!«

Düker sah ihn streng an. »Ich verhafte Sie nicht, sondern bringe Sie als Verdächtige aufs Revier, um Ihre Aussagen zu protokollieren. Und den Grund für dieses Vorgehen haben Sie mir selbst geliefert!«

Welche Unstimmigkeit in Simons Aussage veranlasst Günther Düker, die vier oben erwähnten Personen mit aufs Revier zu nehmen?

Wenn Simon schon beschreibt, dass er dem Barkeeper beim Mixen der Gottesmutter zugeschaut hat, dann sollte er auch wissen, dass diese aus Wodka und Amaretto besteht, nicht aus Gin und Amaretto. Diese Information bekam Düker von Osborne ins Ohr geflüstert. Damit ist Simons Alibi für den Zeitraum direkt nach der 22-Uhr-Ansage geplatzt und er ist der erste Verdächtige in diesem Fall. Außerdem saß er Rücken an Rücken mit Eva und hätte somit leicht lange Finger machen können. Da Rebecca und Maria direkt neben ihm saßen und theoretisch die Möglichkeit zum Ausspionieren auf der Damentoilette gehabt hätten, sind auch sie verdächtig, inklusive Josef – mitgegangen, mitgefangen.
Falls Sie, liebe Leser, bei der Internetsuche das Rezept des Gottesmutter-Cocktails nicht gefunden haben sollten, dann versuchen Sie es bitte mit dem Suchbegriff »Godmother«. Denn unser guter Osborne hat, um seiner Cocktailkarte eine gewisse Besonderheit zu verleihen, die deutsche Übersetzung benutzt. Den Hinweis auf den englischen Originalnamen lieferte Simon gleich mit: »… den kenne ich aus London.«
Proft!

18. DER KRETISCHE STIER

Polizeihauptkommissar Günther Düker stand am Fenster seines Büros und sah hinaus in den grauen Wintermorgen.

»Da haben wir nun das deutsche Wetteramt in Offenbach und trotzdem schlechtes Wetter!«, brummte er vor sich hin. Schneematsch, schier undurchdringlicher Nebel und seit Tagen kein Sonnenstrahl – das drückte auf sein Gemüt. Er wandte sich wieder seiner Kaffeetasse zu, als ihm ein Gedanke durch den Kopf schoss. Ein wahrhaft sensationeller Gedanke. Er griff entschlossen zum Telefon. Zuerst sprach er mit seiner Frau Helga, dann mit seiner Lieblingskollegin Bettina Blum und anschließend – leider unumgänglich – mit seinem Revierleiter Polizeirat Lung. Der reagierte gleichgültig und meinte, Hauptsache, Düker habe eine Vertretung organisiert. Ja, das hatte Günther Düker: Auf Bettina konnte er sich verlassen. Sechs Stunden später saß Düker neben seiner Frau im Terminal 1 des Frankfurter Flughafens.

»Wohin fliegen wir?«, fragte er.

»Du hast gesagt, du willst in die Sonne. Das Einzige, was ich auf die Schnelle organisieren konnte, ist Kreta.«

»Aha, wie ist das Wetter dort?«

Helga lächelte: »18 Grad, leicht bewölkt, geschätzte Sonnenscheindauer acht Stunden pro Tag!«

Günther Düker ließ ein langgezogenes »Jaaaa!« vernehmen, rutschte in seinem Plastiksessel nach hinten und schloss die Augen. Blaues Meer, weiße Häuser und roter

Wein erschienen vor seinem geistigen Auge. Und ganz tief in seinem Innern freute er sich ungemein, zum ersten Mal seit 20 Jahren einen Urlaub nicht im Odenwald zu verbringen. Und noch mehr freute er sich darauf, Polizeirat Lung nach seiner Rückkehr genüsslich davon zu berichten

Eine Woche später saßen Helga und Günther Düker braun gebrannt und guter Laune am Flughafen von Heraklion. Helga hatte sich einen Strohhut mit roten Blümchen gekauft, Günther steckte in Bermudashorts und trug eine Baseballkappe, auf der ein kretischer Stier prangte. Da sie noch genügend Zeit bis zum Rückflug nach Frankfurt hatten, gönnten sie sich einen griechischen Kaffee in der Nähe des Abfertigungsschalters.

Plötzlich entstand in der Warteschlange vor dem Schalter ein Riesentumult. Ein schmaler Mann schrie auf Deutsch böse Schimpfworte und verlangte, in Ruhe gelassen zu werden, mehrere griechische Polizisten versuchten, ihn festzuhalten. Ein Mann im schwarzen Anzug, der eine enorme Wichtigkeit ausstrahlte, stand daneben und gab den Polizisten Anweisungen. Dann versuchte er auf Griechisch, später auf Englisch mit dem Deutschen zu reden, beides jedoch ohne Erfolg.

Günther Düker empfing den fragenden Blick seiner Frau. Er schüttelte den Kopf und zog seine Schirmmütze tief ins Gesicht, so als könne er dadurch das Geschehen ausblenden. »Ich hab noch Urlaub, Helga!«, murmelte er.

»Na ja, es geht ja nur ums Übersetzen, ich geh mal hin!«

»Nein, bitte nicht!«, rief er, doch da war Helga schon auf halbem Weg zu den Streithähnen. Düker wusste, dass seine Frau gut Englisch sprach, und hoffte, dass es wirklich nur um ein Sprachproblem ging. Er schloss die Augen und versuchte, sich an die vergangene Woche zu erinnern.

»Günther!«, klang es durch die Abfertigungshalle. Er reagierte nicht.

»Günther, nun komm doch mal, deine griechischen Kollegen brauchen Hilfe!«

Langsam öffnete er die Augen, erhob er sich und trottete in Richtung Helga.

»You are a German policeman?«, fragte der Anzugträger, während er ihn von oben bis unten musterte.

»Yes, police … äh, also, Hauptkommissar Düker from Offenbach!«

»Offenbach?«

Düker überlegte, wie er Offenbach auf Kreta charakterisieren sollte. »Die Lederstadt!«, sagte er.

»The European center of leather goods«, übersetzte Helga.

»Oh, leather goods …«, wiederholte der Mann im schwarzen Anzug beeindruckt. »My name is Christos Onassidis, head of Heraklion police department.«

»Er ist der Chef der Polizei in Heraklion«, erklärte Helga.

Günther Düker nickte, dann zeigt er auf die beiden Polizisten, die den Deutschen festhielten. »And what's here lose?«

»Sorry?«

»What happened?«, korrigierte Helga.

Onassidis erklärte in wenigen Sätzen, dass der Mann verdächtigt wurde, gestern Abend zwischen 21.45 Uhr und 22.15 Uhr einen Juwelierladen in Heraklion ausgeraubt zu haben. Zeugen hatten einen hageren Mann beobachtet, der vermutlich Deutsch sprach. Helga übersetzte, Düker überlegte einen Moment. Dann ging er mit seinen 90 Kilogramm Lebendgewicht auf den Dünnen zu.

»Guten Tag, ich bin Polizeihauptkommissar Günther Düker …« Er hielt ihm seinen Dienstausweis hin. »Wie heißen Sie?«

Der Mann wich einen Schritt zurück. »Ulrich Hemsbach, was wollen Sie von mir?«

»Ihren Personalausweis bitte!« Düker kontrollierte den Ausweis, alles schien in Ordnung zu sein. »Herr Hemsbach, Sie werden verdächtigt, gestern Abend gegen 21.45 Uhr einen Juwelierladen in Heraklion überfallen zu haben. Was sagen Sie dazu?«

»Na, so ein Unsinn, wie kommen die blöden …«

»Ich wäre vorsichtig an Ihrer Stelle«, unterbrach Düker, »deutsche Schimpfworte könnten auch in Griechenland bekannt sein.«

»Okay, jedenfalls ist das Quatsch!«

»Wo waren Sie gestern Abend gegen 21.45 Uhr?«

»Im Hotel. Ich habe mit meiner Frau in Deutschland telefoniert. Ungefähr eine halbe Stunde lang, Sie können sie gerne fragen. Ich habe ihr erzählt, wie schön das Wetter hier …«

»Aha, und woher wissen Sie so genau, dass es gerade um diese Uhrzeit war?«

»Weil sie noch rumgemeckert hat, dass ich genau zum Heute-Journal anrufe, das wollte sie sich gerne anschauen, und das beginnt um 21.45 Uhr. Na ja, Sie wissen ja, wie die Frauen manchmal so sind!«

Die letzte Bemerkung trug ihm einen waffenscheinpflichtigen Blick von Helga Düker ein.

»Gut«, antwortete Günther Düker, »das reicht mir fürs Erste.« An seine Frau gewandt fuhr er fort: »Helga, sag dem Onassis bitte, er soll Herrn Hemsbach vorläufig festnehmen. Er hat nämlich kein Alibi!«

Warum behauptet Günther Düker, Herr Hemsbach habe kein Alibi?

Zwischen Deutschland und Griechenland besteht eine Zeitverschiebung von einer Stunde. Zum Zeitpunkt des Raubs war es in Heraklion 21.45 Uhr, in Deutschland jedoch erst 20.45 Uhr, also noch keine Zeit für das Heute-Journal.

Lösung: 18. Rätsel-Krimi

19. AUSGEHEBELT

Polizeihauptkommissar Günther Düker freute sich auf seinen Arbeitstag. Er beschloss, zuerst seine morgendliche Reviervisite durchzuführen und danach die Post zu sichten. Zunächst begrüßte er alle Kollegen, jeden einzeln – außer Polizeirat Lung. Im Untergeschoss sah er nach den Mitarbeitern vom Erkennungsdienst und prüfte die Arrestzellen. Lediglich die Ausnüchterungszelle war belegt. Düker warf einen Blick auf den Kontrollmonitor und konnte sehen, dass der Mann immer noch seinen Rausch ausschlief, ansonsten aber wohlauf war. Dann schaute er in der Wache nach dem Rechten, ließ sich von Dienstgruppenleiterin Bettina Blum erläutern, wer in welchem Teil Offenbachs auf Streife war und wer in den Büros zu tun hatte. Ein ruhiger Tag – dachte er jedenfalls.

»Schau mal da!«, sagte Bettina. Im Gebäude und um das Revier herum gab es mehrere Überwachungskameras, deren Bilder alle in die Wache übertragen wurden. Bettina zeigte auf einen Monitor. Ein grauhaariger Mann gestikulierte wild und rief: »Lasst mich rein, schnell, ich muss unbedingt mit Günni sprechen!« Er schien sich gar nicht beruhigen zu wollen.

»Kennst du den Typen?«, fragte Bettina.

Günther Düker kniff die Augen zusammen und starrte auf den Monitor. »Ja, das ist Herbert, ein ehemaliger Kollege, lass ihn rein!«

Bettina Blum drückte einen Knopf, es summte. »Herbert Gronau, der Kaufhausdetektiv?«

»Genau. Schick ihn bitte in mein Büro.«

Er ging voraus und goss zwei Tassen Kaffee ein. Herbert Gronau betrat den Raum, fuchtelte aufgeregt mit den Händen durch die Luft und wollte gerade zu einer vermutlich zweistündigen Erklärung ansetzen, als Düker ihm eine der Tassen entgegenhielt. »Hier, Herbert, trink erst mal in Ruhe einen Kaffee. Und setz dich bitte.«

Gronau atmete hörbar aus, nahm Platz und kippte hastig die Hälfte des Tasseninhalts in sich hinein.

»Schon wieder ein Ladendieb?«, fragte der Polizeihauptkommissar.

»Nein, Günni, ich arbeite doch jetzt für die Inkassurenzia, eine Versicherung.«

»Du bist Versicherungsdetektiv?« Düker zog die Augenbrauen hoch.

»Ja, genau, und deswegen brauche ich deine Hilfe. Eine Versicherte, Frau Lang heißt sie, hat einen Einbruch gemeldet, und ich habe das unbestimmte Gefühl, dass sie das Ganze selbst arrangiert hat.«

»Aber du kannst es nicht beweisen?«

»So ist es, Günni. Ich finde nichts, um die Aussagen der Frau irgendwie … auszuhebeln. Ihr Haus steht in Bieber, hier, schau dir mal die Fotos an.«

Düker griff nach dem Fotostapel, den Herbert ihm über den Schreibtisch zuschob. Sein Jagdinstinkt war erwacht. Auf den ersten Bildern hatte Herbert das Haus abgelichtet, ein schöner Bungalow mit einem kleinen Vorgarten und einer rückwärtigen Terrasse. Hinten war ein Kellerfenster aufgebrochen worden, zudem das

Küchenfenster, das von der Terrasse aus gut erreichbar war.

»Was wurde denn gestohlen?«, fragte Günther Düker.

»Wertvoller Schmuck, zwei Diamantringe und ein Collier im Wert von insgesamt 20.000 Euro.«

»Oh, là, là, sehr ordentlich. Und alles bei euch versichert, nehme ich an?«

Herbert Gronau nickte. »So ist es. Frau Lang war zur Tatzeit im Haus, schlief aber fest – sagt sie jedenfalls. Sie hatte angeblich eine Schlaftablette genommen. Na ja, kann schon sein, trotzdem kommt mir das seltsam vor. Nachdem deine Kollegen vom 1. Revier alles aufgenommen hatten, ist sie in den Vogelsberg gefahren, dort hat sie ein Ferienhaus. Angeblich musste sie dort unbedingt nach dem Rechten sehen.«

»Was meinst du, warum hat der Dieb *zwei* Fenster aufgebrochen?«, fragte Günther Düker.

»Frau Lang sagt, der Kellerraum war durch eine Stahltür vom Rest des Hauses getrennt, das stimmt, habe ich kontrolliert. Als der Einbrecher nicht weiterkam, hat er wohl noch das Küchenfenster aufgehebelt. So jedenfalls die bisherige Theorie. Schau mal hier, die beiden Fotos.«

Gronau deutete auf zwei der Bilder, die vor Düker auf dem Schreibtisch lagen. Das eine zeigte das Kellerfenster in Großaufnahme. Die Hebelspuren des Einbruchwerkzeugs waren deutlich zu erkennen: Eine Beschädigung des Fensterflügels unterhalb des Griffs und eine deutliche Einkerbung im Fensterrahmen unterhalb des Schließblechs. Dann das Foto des Küchenfensters: eine Kerbe am Fensterflügel knapp unterhalb des Griffs und eine klar erkennbare Beschädigung des Fensterrahmens kurz oberhalb des Schließblechs.

Günther Düker nickte langsam und bedächtig. »Als Erstes solltet ihr euren Kunden empfehlen, keine Fensterbeschläge mit einfachen, zylindrischen Verschlusszapfen zu verwenden …«, Günther Düker deutete auf das Bild, »… sondern Pilzkopfzapfen, die sich beim Schließen des Fensters quasi in das Schließblech hineinkrallen. Solch ein Fenster hätte der Einbrecher nicht aufhebeln können.«

Herbert sah ihn erstaunt an. »Gut … ja, ich gebe das weiter.«

»Zweitens werde ich jetzt meinen Kollegen Gerhard Pelster anrufen, den kennst du doch auch noch, oder?«

»Ja klar, aber was soll der denn …?«

»Er arbeitet seit einigen Jahren im Vogelsbergkreis.«

»Äh, ja, und?«

»Er wird das Ferienhaus der Dame durchsuchen, und ich garantiere dir, er wird den Schmuck dort finden!«

Herbert vergaß, den Mund zu schließen.

»Du hattest nämlich recht«, fuhr Düker fort. »Der Einbruch ist fingiert. Zumindest zur Hälfte. Die Inkassurenzia ist damit aus dem Schneider. Und die Hausbesitzerin erwartet ein Strafverfahren wegen Betrugs. Lügen haben kurze Beine, Frau Lang!«

Woran erkennt Polizeihauptkommissar Düker, dass der Schmuckdiebstahl vorgetäuscht wurde?

Wenn Einbrecher von außen ein Hebelwerkzeug ansetzen, findet man die Hebelspuren immer symmetrisch an Fensterrahmen und Fensterflügel. Also in diesem Fall entweder oberhalb des Griffs (am Fensterflügel) und oberhalb des Schließblechs (am Fensterrahmen) oder an beiden Fensterteilen unterhalb von Griff beziehungsweise Schließblech. Aber niemals an zwei verschiedenen Stellen. Dies kann nur durch Gewalteinwirkung bei geöffnetem Fenster passieren. Das heißt Frau Lang wollte einen Einbruch in die Küche vortäuschen. Das gewaltsame Öffnen des Kellerfensters wurde offensichtlich von außen vorgenommen. Hier war also tatsächlich ein Einbrecher am Werk, der aber wegen der Stahltür keinen Erfolg hatte. Dies brachte die Hausbesitzerin wohl auf die Idee, dem Einbrecher den »Verlust« ihres Schmucks in die Schuhe zu schieben. Die übereilte Abreise in den Vogelsberg legt nahe, dass sie den Schmuck verschwinden lassen wollte. Aber dabei rechnete sie nicht mit dem Scharfsinn von Günther Düker.

20. AUSZEIT ODER AUS DER ZEIT?

Polizeihauptkommissar Günther Düker hatte wieder einmal Wochenenddienst. Nichts Besonderes eigentlich, doch je älter er wurde, desto mehr sehnte er sich nach einem gediegenen Sonntag mit seiner Frau Helga. Als junger Kerl war ihm das egal gewesen, und er hoffte, dass es Helga genauso gegangen war. Jedenfalls betrat er an diesem letzten Sonntag im März schweren Schrittes das Revier in der Berliner Straße. Er lief noch langsamer, als ihm einfiel, dass Polizeirat Lung heute Geburtstag hatte und um 10 Uhr alle Kollegen zum Frühstück eingeladen waren. Die Kollegen waren ja sehr nett, aber der Polizeirat …

»Günni«, empfing ihn Polizeioberkommissarin Bettina Blum, »es gibt gleich Arbeit für dich!«

»Wunderbar«, antwortete Düker, »dann muss ich wenigsten nicht mit Lung frühstücken.«

Bettina Blum grinste. »Und ich muss dir bestimmt helfen, oder?«

»Natürlich!«, sagte Günther Düker grinsend. »Was haben wir denn?«

»Schwerer Unfall auf der A 661, eine Verletzte, heute früh gegen 6 Uhr. Die Frau wurde ins Offenbacher Klinikum gebracht, sie hat mehrere Knochenbrüche, ist aber stabil. Wir konnten kurz mit ihr sprechen. Nach ihrer Aussage hat sie der Fahrer eines weißen Mercedes so massiv von hinten bedrängt, dass sie eine ruckartige Lenkbewegung machte und ins Schleudern geriet. Sie streifte einen Brückenpfeiler und landete im Graben. Ihr Auto ist nur noch ein Haufen Schrott. Der Mercedes fuhr einfach weiter.«

»Meine Güte! Und es gab keinen Zusammenstoß?«

»Nein, der Mercedes hat sie nicht touchiert, ist aber extrem nah aufgefahren, hatte es wohl sehr eilig.«

»Und ihr habt einen Verdächtigen?«

»Woher weißt du das?«

Günther Düker lächelte. »Sehe ich dir an!«

Bettina lächelte zurück. »Du hast recht. Die Frau hat einen Teil des Kennzeichens erkannt. Es gibt nur zwei weiße Mercedes, die infrage kommen. Der eine Fahrer befindet sich zur Kur in Bad Füssing und hat sein Auto mit dorthin genommen, das habe ich bereits kontrolliert. Der andere sitzt im Vernehmungsraum. Hermann Steinhauer, 63 Jahre alt, wohnhaft in Offenbach, Egerländer Straße, Vertriebsleiter bei einem Textilmaschinenhersteller. Er behauptet, ein Alibi zu haben. Hier, die Akte.«

Sie drückte ihm eine Mappe in die Hand. Gemeinsam steuerten sie den Vernehmungsraum an. Kaffee und Wasser standen bereits auf dem Tisch. Hermann Steinhauer machte den Eindruck eines soliden Geschäftsmannes, grauer Anzug, weißes Hemd, rote Krawatte, leicht gelockert. Die dunklen Ränder unter seinen Augen zeugten von Müdigkeit.

Düker stellte sich vor. »Herr Steinhauer, Sie werden verdächtigt, heute früh auf der A 661 eine Frau, die vor Ihnen fuhr in einem äh …«, er sah in die Akte, »… in einem gelben Renault Clio, so bedrängt zu haben, dass diese von der Straße abkam.«

»Herr Hauptkommissar, nun sitze ich bereits eine halbe Stunde hier. Ich bin gerade aus Hamburg gekommen, bin todmüde und habe mit diesen Vorgängen nichts zu tun. Ich möchte jetzt nach Hause.«

»Das können Sie auch, sobald wir geklärt haben, dass Sie nicht an diesem Unfall beteiligt waren.«

»Na, das ist doch ganz einfach«, sagte Steinhauer, »ich bin kurz vor Mitternacht in Hamburg losgefahren, hatte kein Hotelzimmer mehr bekommen wegen einer Messe, und als ich schon mal auf der Autobahn war, bin ich gleich durchgefahren.«

»Bis nach Offenbach?«

»Genau. Und dazu braucht man ungefähr fünf Stunden. Ich war also um 6 Uhr bereits seit einer Stunde zu Hause und nicht mehr auf der A 661.«

Oberkommissarin Blum zeigte auf die Akte. Günther Düker öffnete sie und sah sofort, dass die Kollegen gute Vorarbeit geleistet hatten. Die ermittelte Fahrstrecke betrug 498 Kilometer. Er nickte. Fünf Stunden waren korrekt, in der Nacht sogar ein wenig schneller, jedenfalls nicht eine ganze Stunde langsamer. Der Unfall war um 6.05 Uhr passiert.

»Sie könnten ja angehalten haben, unterwegs, an einer Raststätte.«

»Herr Hauptkommissar, sehe ich aus wie jemand, der mitten in der Nacht eine Stunde auf der Raststätte verbringt? Nein, ich war müde und wollte nur nach Hause.«

Düker musterte sein Gegenüber genau. »Vom Äußeren einer Person dürfen wir uns in der Polizeiarbeit nicht beeinflussen lassen, Herr Steinhauer. Wir hatten schon einen englischen Gentleman, der ebenso wie Sie Fahrerflucht begangen hat.«

Steinhauer nestelte nervös an seiner Krawatte. »Wie? Fahrerflucht? Wie kommen Sie denn darauf?«

»Na, ist doch klar«, schaltete sich Bettina Blum ein. »Sie müssen gesehen haben, wie das Fahrzeug vor Ihnen ins Schleudern geriet. Warum sind Sie einfach weitergefahren?«

Herr Steinhauer holte tief Luft. Es war kein normales Luftholen, wie jemand einatmet, der gerade in aller Ruhe seine Zeitung liest. Nein, es war ein protestierendes Einatmen, das eher an einen Büffel als einen Menschen erinnerte.

»Ich habe …«, schnaubte er.

»Was haben Sie?«, fragte die Polizeioberkommissarin.

Er grinste. »Ich habe gar nichts, ich war nämlich nicht dort. Guter Versuch, das mit Ihrer Fangfrage.«

In Polizeihauptkommissar Günter Düker schien eine Idee gereift zu sein, während seine Kollegin sich mit dem Verdächtigen unterhielt. Er sah Hermann Steinhauer an. »Geben Sie mir bitte Ihre Armbanduhr!«

»Was soll das denn jetzt?«, fauchte Steinhauer.

»Ich will nur mal draufschauen, also bitte!«

Unwillig nahm Hermann Steinhauer seine Uhr vom Handgelenk und schob sie über den Tisch.

Düker nahm sie hoch und schaute auf das Zifferblatt: kurz vor 9 Uhr. Er nickte zufrieden. »Das ging ja schneller als gedacht. Selbst wenn ich zu Ihren Gunsten annehme, dass Sie ohne Pause durchgefahren sind, haben Sie kein Alibi. Sie sind überführt. Ich schlage vor, Sie legen ein Geständnis ab. Das könnte sich günstig auf Ihr Strafmaß auswirken.«

Steinhauers Gesichtsfarbe tendierte gegen kalkweiß.

Wieder schaltete sich Bettina Blum ein. »Moment, Günther, nicht so schnell. Bist du wirklich sicher?«

Düker sah sie überrascht an: »Ja, warum?«

»Weil das zu schnell ging«, sagte Bettina. »In fünf Minuten beginnt das Frühstück von Polizeirat Lung!«

»Ach ja«, sagte Düker, »das stimmt. Also, Herr Steinhauer, noch einmal von vorn bitte ...«

Welchen Fehler in Hermann Steinhauers Aussage entdeckt Günther Düker?

Am letzten Sonntag im März werden die Uhren morgens um 2 Uhr auf 3 Uhr vorgestellt. Selbst wenn Herr Steinhauer fünf Stunden durchgefahren ist, muss er gegen 6 Uhr Sommerzeit auf der A 661 gewesen sein, womit sein Alibi hinfällig ist. Um sicherzugehen, wirft Düker einen Blick auf die Armbanduhr des Verdächtigen, die immer noch die Normalzeit (Winterzeit) anzeigt: kurz vor 9 Uhr statt kurz vor 10 Uhr, dem Beginn von Polizeirat Lungs Frühstück. Steinhauer nahm also keine Auszeit auf der Raststätte, sondern befand sich sozusagen »aus der Zeit«, sowohl was seine Uhr betraf als auch seine Argumentation.

Lösung: 20. Rätsel-Krimi

21. DÜKERS (VORLÄUFIG) LETZTER FALL

Polizeihauptkommissar Günther Düker hatte seinen Dienst für diesen Tag beendet. Es war kurz nach 20 Uhr. Er zog seine Uniformjacke an und wollte gerade das Büro verlassen, als er einen Brief entdeckte. Neugierig riss er das Kuvert auf. Er nahm den Briefbogen heraus und kontrollierte noch einmal, ob das Schreiben vom Polizeipräsidium Südosthessen auch tatsächlich an ihn gerichtet war. »Sehr geehrter Herr Kollege Düker …« Ja, das war korrekt. Langsam, Wort für Wort, Zeile für Zeile, arbeitete er sich durch den Text. Erst wurde ihm heiß, dann kalt und dann wieder heiß. Er fühlte Schweißperlen seine Stirn herablaufen, tupfte sich das Gesicht mit einem Taschentuch ab und sah aus dem Fenster. Sollte er sich darüber freuen oder ärgern? Er wusste es nicht.

Polizeioberkommissarin Bettina Blum stürzte in sein Büro. »Günni, wir haben das Fahrzeug der verschwundenen Frau gefunden!«

Er brauchte einen Moment, um sich den Fall Biloba Hummel zu vergegenwärtigen. Die Frau war vor gut einer Woche mit dem Auto von zu Hause weggefahren und nicht zurückgekommen. Ihr Mann hatte sie als vermisst gemeldet. Biloba – seltsamer Vorname, dachte Düker noch.

»Günni, hörst du mich?«

»Ja, Bettina, natürlich, du meinst Biloba Hummel?«

»Ja, ihr Fahrzeug steht in der Christian-Pleß-Straße am Rande des ehemaligen Industriegeländes.«

Düker nickte. Er gab der Polizeioberkommissarin ein Zeichen. Zwei Minuten später saßen sie gemeinsam im Streifenwagen. Ausnahmsweise fuhr Günther Düker selbst. Obwohl Bettina Blum ansonsten seine Lieblingskollegin war, hatte er ein Problem mit ihrem schnittigen Fahrstil. Außerdem sollte sie ihm die Daten des Falls noch einmal in Erinnerung rufen. Die Akte lag auf ihren Knien.

»Biloba Hummel, geborene Malzberger, 48 Jahre alt, dunkelblondes Haar, grüne Augen, 1,64 Meter, 75 Kilogramm«, las Bettina Blum vor, während Düker die Kaiserstraße hinunterfuhr. »Unveränderliche Zeichen: Narbe einer Hüftoperation rechts. Eingeschränkte Beweglichkeit des rechten Beins. Zuletzt gesehen am Freitag letzter Woche um 7.30 Uhr morgens. Beruf: Sachbearbeiterin bei der Energieversorgung Offenbach.«

»Irgendwelche besonderen Vorkommnisse? Streit mit ihrem Ehemann oder mit den Kindern? Auf der Arbeit?«

»Ihrem Mann ist nichts Derartiges bekannt«, sagte Bettina Blum. »Die beiden haben übrigens keine Kinder, was wohl auch zu Verstimmungen in der Ehe geführt hat.«

Düker befuhr die Waldstraße in Richtung Süden und bog rechts in die Christian-Pleß-Straße ein. Die Dämmerung hatte eingesetzt. Der weiße Opel Astra stand in der Werkseinfahrt der alten MAN-Roland-Fabrik. Das gesamte Baugelände war von einem mannshohen Metallzaun umgeben, dahinter erkannte Düker die Silhouetten von Abrissbaggern. Er stieg aus, nahm seine große Stablampe aus dem Kofferraum und kontrollierte zunächst das Kennzeichen. Ja, es war tatsächlich Frau Hummels Fahrzeug. Es war verschlossen, durch die Scheiben konnte er nichts Ungewöhnliches erkennen. Dann richtete er den Lichtkegel auf den Boden vor der Fahrertür. Im Baustaub sah er Fußspuren, die durch eine Lücke im Metallzaun in das Baugelände hineinführten.

»Wir brauchen Verstärkung«, rief er Bettina zu. Während diese über Funk Unterstützung anforderte, hatte Düker bereits seinen kräftigen Körper durch die Lücke im Metallzaun gequetscht.

»Willst du nicht warten, bis die Kollegen da sind?«, fragte die Polizeioberkommissarin.

»Nein, Gefahr im Verzug. Wir gehen rein.«

Bettina nickte. Sie stiegen über Sand- und Kieshaufen und erkannten bald die Ruine einer Fabrikhalle, die bereits zur Hälfte abgerissen war. Düker ging weiter, während er hörte, wie seine Kollegin hinter ihm über Funk erneut mit den Kollegen sprach. Er hielt die Stablampe in der linken, seine entsicherte Waffe in der rechten Hand. Kurz zuckte er zusammen: eine Katze. Er blieb stehen und horchte: nichts. Vorsichtig ging er weiter. Mit dem nächsten Schritt begann das Unheil.

Als hätte ihm jemand den Boden unter den Füßen weggezogen, fiel er in die Tiefe. Als er aufschlug, spürte er einen stechenden Schmerz im rechten Bein, der ihm für einen Moment die Luft nahm. Er konnte nicht nach Bettina rufen, er konnte gar nichts tun, nur auf dem Rücken liegen und versuchen, ruhig zu atmen. In seinem Bein pochte es höllisch. Es war dunkel. Nur der Mondschein fiel durch eine Öffnung über ihm, etwa in Raumhöhe. Er betastete den Boden um sich herum. Beton. Rauer, unebener Beton. Eine Art Bunker, ging es ihm durch den Kopf. Er tastete nach der Stablampe, ohne Erfolg. Auch sein Funkgerät war nicht in Reichweite. Langsam gewöhnte er sich an das spärliche Licht und erkannte seine Waffe, direkt neben sich. Gut, wenigstens konnte er sich wehren. Er wollte sich aufsetzen, keine Chance, er meinte, sein Bein würde platzen. Dann sah er etwas, das ihm förmlich den Hals zuschnürte: Direkt über seinen Füßen, vom flachen Mondlicht beschienen, baumelte ein Körper. Ein menschlicher Körper. Er hing offensichtlich an einem Seil, drehte sich hin und her, wie ein Wäschestück im Wind. Er schloss die Augen, öffnete sie wieder: immer noch dasselbe Bild. Sein linker Fuß stieß gegen etwas Hartes, er meinte, einen Barhocker zu erkennen. Was macht denn hier unten ein Barhocker? Verdammt! Biloba Hummel – sie wird sich doch nicht auf den Hocker gestellt haben und … er wollte es nicht zu Ende denken.

Hoffentlich kamen die Kollegen bald. Er sah hinauf zu dem Loch. Offensichtlich war die Decke des Raumes unter seinem Gewicht eingebrochen, und er war auf dem Betonboden gelandet.

»Bettina!«, rief er hinauf. »Bettiiiiiina!«

Keine Antwort. Er versuchte erneut, sich aufzurichten. Der Schmerz fuhr ihm in Hüfte und Rücken, sofort ließ er den Oberkörper wieder sinken. Er schloss die Augen und wartete. Fast wäre er vor Erschöpfung eingeschlafen, als er endlich Stimmen hörte: »Da ist er!«

Der grelle Schein der Lampen blendete ihn, er schloss die Augen.

Als er wieder erwachte, blickte ihn eine Frau im weißen Kittel an.

»Hallo, Herr Düker, willkommen im Klinikum Offenbach!«

»Scheiße!«, antwortete er.

Die Ärztin lachte. »Das macht nichts, die Wirkung der Narkosemittel ist noch nicht abgeklungen, da sagen die Patienten oft solche Dinge!«

Er hob den Kopf. »Narkosemittel?«

»Ja, wir mussten Sie operieren. Ihr rechtes Bein ist mehrfach gebrochen. Wir kriegen das hin, wird aber eine Weile dauern, bis Sie wieder laufen können.«

»Oh Mann!«, stöhnte Düker und ließ den Kopf zurück aufs Kissen fallen.

»Fühlen Sie sich gut genug, um Ihrer Kollegin Frau Blum ein paar Fragen zu beantworten? Sie müssen nicht …«

»Schon okay, sie soll reinkommen.«

Bettina Blum erschien in Uniform und setzte sich neben ihn auf einen Stuhl. Hinter ihr erschien ein Mann in Zivilkleidung.

»Günni«, sagte Bettina Blum, »es tut mir so leid, ich … hätte dich nicht allein lassen dürfen, ich …«

»Schon gut, selbst wenn du neben mir gewesen wärst, wäre ich in das Loch gefallen. Ich bin eben zu schwer.« Er versuchte zu lachen, aber das tat weh.

»Unter der Fabrikhalle gibt es eine ausgedehnte Kelleranlage«, sagte Bettina. »Die wird komplett abgerissen. In ein paar Tagen hätten wir die Leiche von Frau Hummel zwischen all dem Bauschutt wohl nicht mehr gefunden. Die Elektroversorgung wurde bereits vor Wochen gekappt, außer dem Barhocker haben wir nichts gefunden, keine persönlichen Gegenstände von Frau Hummel, keine Taschenlampe, keinen Abschiedsbrief – nichts. Ihr

Körper hing an einem Kunststoffseil, das an einem Eisenträger befestigt war.«

Günther Düker nickte und sah den Mann in Zivil an.

»Hallo, Herr Düker, ich bin Kriminaloberkommissar Herting. Ich bearbeite den Fall. Es war tatsächlich Frau Hummel, wir haben sie identifiziert. Sie hat sich erhängt. Wir versuchen noch zu ermitteln, warum sie aus dem Leben scheiden wollte. Wissen Sie etwas darüber?«

Günther Düker schüttelte den Kopf. »Nein, keine Ahnung. Aber ich weiß etwas anderes.«

Herting sah ihn fragend an.

»Biloba Hummel hat sich nicht erhängt, sie wurde ermordet. Da bin ich mir ziemlich sicher. Wer der Mörder ist, das müsst ihr allerdings ohne mich herausfinden. Ich bin vorläufig außer Gefecht gesetzt. Und danach gehe ich in den Vorruhestand!«

»Du machst *was*?«, rief Bettina Blum entsetzt.

»Warum *das* denn?«, fragte Herting.

»Ich habe von der Personalabteilung ein entsprechendes Angebot bekommen. Meine Frau wird sich freuen.«

»Nein«, sagte Herting. »Ich spreche von der Mordtheorie!«

»Das kann ich Ihnen erklären. Aber zuvor muss ich Helga anrufen und ihr von meinem Entschluss berichten!«

Wie kommt Günther Düker darauf, dass Biloba Hummel ermordet wurde?

Lösung: 21. Rätsel-Krimi

Als Biloba Hummel zu Tode kam, gab es in dem Kellerraum keinerlei Licht. Zitat Bettina Blum: »Die Stromversorgung wurde bereits vor Wochen gekappt«. Es wurden »keine persönlichen Gegenstände von Frau Hummel, keine Taschenlampe …« dort gefunden. Auch war die Kellerdecke zu dieser Zeit noch intakt, sodass kein Sonnenlicht oder Mondschein in den Raum fallen konnte. Diese natürliche Lichtquelle war ja erst durch Düker selbst herbeigeführt worden.

Dass eine Frau von 1,64 Meter und 75 Kilogramm mit einem Hüftschaden bei völliger Dunkelheit auf rauem Betonboden allein auf einen wackeligen Barhocker steigt und sich aufknüpft, ist unmöglich.

TEIL 2

Im zweiten Teil ermittelt Günther Düker als Pensionär, den sein Gerechtigkeitssinn nicht ruhen lässt. Dabei erweitert er seinen Wirkungsbereich auf den Kreis Offenbach: Heusenstamm, Rodgau, Obertshausen, Dietzenbach, Götzenhain, Mainflingen und Hainhausen sind seine Wirkungsstätten. Und natürlich die Stadt Offenbach selbst. Ohne seine Frau Helga wäre Düker allerdings bei manchem Fall mit seinem Latein am Ende. Und sie erfreut sich an ihrem Günther und seinem Polizistenherz. Begleiten Sie die beiden auf die Suche nach des Pudels Kern, nach den Tätern und ihren Motiven.

22. DER JAPANISCHE KOCH

Der ehemalige Polizeihauptkommissar Günther Düker saß mit seiner Frau Helga gemütlich beim Frühstück, als es klingelte. Düker blickte von seiner Zeitung auf. »So früh?«

Helga sah auf die Uhr und lächelte. »Seit du im Ruhestand bist, beginnt der Tag für dich kaum vor 9 Uhr, früher warst du zu dieser Zeit schon lange auf Streife oder im Büro.«

»Ja, ja«, murmelte er, wuchtete seine zwei Zentner Lebendgewicht aus dem Stuhl und trottete in Richtung Haustür, bereits ahnend, dass der Tag eine nicht geplante Wendung nehmen würde.

Wer mochte ihn wohl so früh stören? Hildegunde, die geschwätzige Nachbarin von gegenüber? Oder ein ehemaliger Kollege vom 2. Polizeirevier Offenbach? Vielleicht auch Herbert Gronau, der als Versicherungsdetektiv arbeitete und sich ab und zu einen Tipp bei ihm holte.

Mit diesem Besucher hatte er jedoch nicht gerechnet. »Eddi, was willst du denn hier?«

Edmund Kirchschläger war ein Kumpel vom Kegelclub, einer, dessen Gesicht Düker nur im gedämpften Licht der Kneipe kannte. Bei Tageslicht sah er älter aus.

»Hallo, Günther, entschuldige, ich brauche mal einen Rat und … na ja, ich dachte, du als ehemaliger Polizist bist der Beste dafür.«

Düker nickte. »Komm rein!«

Helga hatte sich inzwischen von den Todesanzeigen gelöst und begrüßte den frühen Gast. »Möchten Sie einen Kaffee?«

»Ja, gern, danke.« Kirchschläger setzte sich, Helga schenkte ein.

»Wie du weißt«, begann Edmund, »besitze ich zwei Restaurants in Heusenstamm und Dietzenbach.«

Düker nickte.

»Ich bin dabei mich zu vergrößern, werde ein drittes Restaurant aufmachen.«

»Respekt!«, sagte Günther Düker.

»Und zwar in Neu-Isenburg, ein Sushi-Restaurant.«

»Sushiiii?«

»Ja, genau, gesäuerter Reis mit rohem Fisch, lecker!«

»Aha. Roher Fisch«, wiederholte Düker.

»Vielleicht nichts für dich, aber viele Leute mögen das, und Sushi ist derzeit total in Mode. Da lassen sich Geschäfte machen. Aber natürlich nur, wenn man einen guten Koch hat, und genau da kommst du ins Spiel.«

Günther und Helga sahen ihn gespannt an.

»Ich habe einen Kandidaten für die Stelle des Kochs«, erklärte Kirchschläger, »aber ich hab das Gefühl, dass er ein krummer Hund ist. Seine Zeugnisse sind in Ordnung, nur … die kann man auch fälschen. Irgendwie bin ich misstrauisch.«

Düker nickte. »Verstehe. Was soll ich tun?«

»Wir sind heute Abend zum Essen verabredet, in einem japanischen Restaurant in Offenbach. Ich hätte gern, dass du mitkommst.«

»Günther und Sushi … niemals!« Helga verschluckte sich bald vor Lachen.

Düker sah sie strafend an. »Geht klar, Eddi, ich komme mit.«

Helga riss erstaunt die Augen auf.

»Wunderbar!«, sagte Edmund. »Ich hol dich um 19 Uhr ab.«

»Muss ich da mit Stäbchen essen?«, fragte Düker.

»Das wird sich nicht vermeiden lassen.«

Helga lachte. »Schau doch mal im Internet nach, da gibt es gute Anleitungen.«

Der Mann nannte sich Hasebe und war Asiate. Ob er Japaner, Koreaner oder Chinese war, das konnte Düker nicht beurteilen. Zunächst gab es Kirin-Bier, das schmeckte gar nicht schlecht. Düker war froh, sich wenigstens bei den Getränken auf bekanntem Terrain bewegen zu können. Er bestellte das Gleiche wie Kirchschläger. Es gab kleine Röllchen, die Hasebe als »Maki« bezeichnete. Düker erinnerte sich daran, dieses Wort im Internet gelesen zu haben. Dazu gab es klebrigen Reis, der mit rotem und weißem Fisch belegt war. Die Röllchen waren Düker jedoch sympathischer. Er versuchte, sie mit den Stäbchen festzuhalten, aber immer wieder fielen sie auf den Teller zurück. Irgendwann war es ihm egal, er nahm ein Maki-Röllchen zwischen die Finger und steckte es sich in den Mund. Er war angenehm überrascht von dem Geschmack. Hasebe erklärte ihm in einwandfreiem Deutsch, dass die Maki-Röllchen üblicherweise mit Gurke, Kürbis oder Lachs gefüllt wurden. Düker probierte alle drei Sorten, tunkte sie in Sojasoße und bestrich sie mit grünem Wasabi-Meerrettich. Zu seinem eigenen Erstaunen schmeckte ihm alles. Seine Laune besserte sich zusehends. »Diese Stäbchen hier, bestehen die eigentlich immer aus Holz?«, fragte er.

»Nicht immer«, erklärte Hasebe, »im Restaurant benutzt man meistens Holzstäbchen, die sind zum Einmalgebrauch gedacht und werden nach dem Essen weggeworfen. Zu Hause haben viele Japaner spezielle Stäbchen, aus teurem Material, kunstvoll verziert, die werden gereinigt und wiederverwendet.«

Düker nickte. »Und was ist das für ein kleines ... Bänkchen?«

»Das dient zum Ablegen der Essstäbchen, man nennt es Hashioki, ich zeige es Ihnen.« Hasebe steckte seine eigenen Stäbchen senkrecht in die Reisschüssel, um die Hände freizuhaben und hielt sein Hashioki hoch. »Sehen Sie, es ist konkav geformt, sodass man in der Mitte bequem seine Stäbchen darauf ablegen kann, ohne dass diese den Tisch beschmutzen oder aus Versehen wegrollen.«

Düker nahm einen Schluck Bier und dachte nach. Dann gab er Eddi unter dem Tisch einen leichten Tritt. »Ich gehe mal zur Toilette!«, verkündete er.

Zwei Minuten später trafen sie sich im Waschraum. »Eddi, die Sache ist klar«, sagte Düker. »Dieser Mann ist ein Betrüger. Er ist nie und nimmer ein japanischer Koch. Wahrscheinlich ist er noch nicht einmal Japaner!«

Worauf begründet Düker sein Urteil, dass Hasebe kein japanischer Koch ist?

Düker hatte sich vor dem Abend im Internet informiert und einige Grundregeln des japanischen Essens gelernt: Ein Japaner würde seine Stäbchen nie senkrecht in den Reis stecken, denn dies ist ein Symbol des Todes. Es wird mit den senkrecht stehenden Räucherstäbchen auf japanischen Friedhöfen in Verbindung gebracht. Japaner messen guten Tischsitten und historischen, teils abergläubischen Verhaltensweisen einen hohen Stellenwert bei. Ein japanischer Koch weiß das und würde es im Sinne des in der Nippon-Kultur sehr stark ausgeprägten Kundendenkens auf jeden Fall respektieren.

Lösung: 22. Rätsel-Krimi

23. DAS VERSCHWUNDENE SPARSCHWEIN

Günther Düker saß mit seiner Frau Helga gemütlich beim Frühstück. Die Aprilsonne schien durch das große Terrassenfenster, und er freute sich auf einen Sonntagsspaziergang. Vielleicht zum Heusenstammer Schloss. Auf dem Rückweg bot sich ein Frühschoppen in der Altstadt an …

»Günther!«

In diesem Moment wusste er, dass sein Tag eine nicht vorhergesehene Wendung nehmen würde.

»Ja, Helga?«

»Was willst du denn heute anziehen?«

»Wieso? Ich bin doch schon angezogen.«

»Ich meine hierfür!« Damit schob sie ihm eine Einladungskarte über den Tisch. Büttenpapier mit Goldrand.

Düker sah sich die Karte an, dann stieß er mit seinem mächtigen Zeigefinger so heftig darauf, dass die Kaffeekanne ins Wanken geriet. »Ist das etwa heute?«

Helga lächelte. »Natürlich, ich habe dich gestern noch daran erinnert. In zwei Stunden müssen wir in der Kirche sein.«

»Oh nein, ich hatte eigentlich etwas anderes vor. Und außerdem … Kirche, harte Bänke, Orgelmusik, muss das sein?«

»Auf jeden Fall, Günther, es ist immerhin unser Neffe, der heute Konfirmation hat.«

»Ja, ja, Marvin, netter Kerl. Was schenken wir ihm?«

»Geld. Das können die Jungs doch am besten gebrauchen. Meine Schwester will ein Sparschwein aufstellen, da kann jeder etwas hineinwerfen.«

Laut ausatmend stand Günther Düker auf, um mit der Leidensmiene eines geplagten Ehemanns seinen schwarzen Anzug aus dem Schrank zu holen.

Vom Gottesdienst in der Jügesheimer Emmaus-Gemeinde war Düker positiv überrascht. Ein heller, freundlicher Kirchenraum, normale Stühle statt harter Kirchenbänke und eine Pfarrerin, die nicht nur körperlich, sondern auch geistig mit beiden Beinen auf der Erde stand.

Zu der anschließenden Feier im Gemeindesaal war die gesamte Verwandtschaft erschienen, sogar Onkel Werner aus Münster, Onkel Rüdiger aus Jügesheim und Tante Lisbeth aus Babenhausen. Helgas Schwester Petra hatte direkt neben dem Büfett ein Sparschwein aufgestellt, an dem alle vorbeigehen mussten, bevor sie etwas zu essen bekamen. Helga hatte die 100 Euro als Geschenk von Günther und sich bereits eingeworfen.

Marvin war glücklich, zum einen, weil diesmal alle wegen ihm gekommen waren – nicht wegen irgendeiner langweiligen Großtante –, zum anderen wegen des zu erwartenden Geldes, von dem er sich ein Klavier kaufen wollte. Düker war erstaunt über diesen Wunsch des 14-Jährigen, denn er selbst hatte sich von seinem Konfirmationsgeld ein Mofa zugelegt. Dem waren zwei Mopeds und mehrere fast bis zur Schrottgrenze degenerierte VW-Käfer gefolgt. Aber nun ja, so sinnierte er Schokoladenpudding löffelnd, jedem das Seine.

Plötzlich ein durchdringender Schrei. Wütendes Schimpfen folgte und hohes Klagen. Eine Frau? Ein Kind? Marvin! Düker schoss hoch. Der Junge saß auf dem Boden vor dem Büfett und schrie: »Das Sparschwein ist weg, eben habe ich es noch gesehen, plötzlich … weg!«

Düker reagierte sofort. »Moment mal!«, dröhnte seine Stimme durch den Saal. »Keiner verlässt den Raum! Helga und Petra, ihr schließt die Türen und sorgt dafür, dass niemand rausgeht. Marvin, du kommst mit mir.«

Ein unkontrolliertes Gemurmel erhob sich. Er nahm den Jungen am Arm und geleitet ihn zu einem abseitsstehenden Tisch.

»Pass auf, Marvin, du weißt ja, dass ich Polizist war!«

Der Junge nickte tapfer.

»Ich versuche, dein Geld wiederzufinden. Du beruhigst dich bitte, hier, trink erst mal was, dann erzählst du mir genau, was passiert ist, okay?«

Wieder nickte Marvin und nahm einen Schluck Limonade.

Dann begann Düker seine Zeugenbefragung: »Was hast du in den letzten fünf Minuten genau gemacht?«

Marvin schluckte. »Ich bin zweimal zum Büfett gegangen, einmal, um grünen Wackelpudding zu holen, und dann noch mal, um roten zu holen. Den esse ich so gerne.«

»Gut, und wann hast du dein Sparschwein zum letzten Mal gesehen?«

»Beim grünen Wackelpudding!«

»Aha, und als du die rote Götterspeise holen wolltest, war es weg?«

»Genau!«

»Und wer war mit dir am Büfett, kannst du dich daran erinnern?«

»Na ja, viele Leute waren dort, die wollten alle Wackelpudding, fast habe ich gedacht, ich krieg' keinen mehr. Auf jeden Fall war Onkel Werner dabei, mehr kann ich nicht sagen.«

»Gut gemacht, Marvin. Warte bitte hier!«

Günther Düker stand auf und ging zu Werner hinüber. Ein Schüsselchen mit Resten der Götterspeise stand vor ihm. Auf seine Frage, wer zuletzt mit ihm am Büfett gestanden habe, berichtete er, dass Marvin dabei gewesen sei, und weil der so gerne Götterspeise esse, habe er Rüdiger und Lisbeth gebeten, dem Jungen etwas von dem roten Wackelpudding übrig zu lassen. Er meinte, dass es ja schade sei, dass Marvin sich nun kein Klavier kaufen könne. Er würde es ihm wirklich gönnen.

Düker ging an den Nebentisch zu Rüdiger und Lisbeth, die nebeneinandersaßen. Sie hatten ebenfalls je eine der Glasschüsseln vor sich stehen, die für das Dessert vorgesehen waren. Bei Rüdiger erkannte Düker grüne Reste am Löffel, bei Lisbeth rote.

Rüdiger bedauerte ebenfalls, dass der Junge nun kein Klavier bekäme, denn er wisse, dass Marvin musikalisch sehr begabt sei. Auf das Sparschwein habe er nicht geachtet, seinen Obolus habe er bereits zur Vorspeise entrichtet und damit sei die Angelegenheit für ihn erledigt gewesen, mehr könne er nicht beitragen, das täte ihm leid.

Lisbeth meinte, der Junge sei ja ein Genie an den Tasten, und für 1.200 Euro hätte man sicher ein gutes Klavier bekommen. Wie schade. Mehr könne sie aber nicht sagen, und jetzt müsse sie nach Hause gehen, denn sie fühle sich nicht wohl.

Düker ging zurück zu Marvin. »Pass auf, Junge, ich weiß, wer dein Sparschwein gestohlen hat!«

Wer hat das Sparschwein gestohlen, Onkel Werner, Onkel Rüdiger oder Tante Lisbeth?

Lösung: 23. Rätsel-Krimi

Tante Lisbeth hat das Sparschwein gestohlen. Sie hat den Geldbetrag genannt, der sich im Sparschwein befand, und den konnte niemand kennen, solange dieses noch auf dem Büfett stand. Das ist Täterwissen. Außerdem war ihr Mitleid mit Marvin nur vorgetäuscht, denn eigentlich gönnt sie Marvin gar nichts, noch nicht einmal den roten Wackelpudding, von dem sie nahm, obwohl Werner sie um Zurückhaltung gebeten hatte.

24. DÜKER NIMMT'S SPORTLICH

Der ehemalige Polizeihauptkommissar Günther Düker saß mit seiner Frau Helga gemütlich beim Frühstück, als das Telefon läutete. Helga nahm ab. »Hallo, Bettina!«

Düker sah auf. Polizeioberkommissarin Bettina Blum, seine frühere Kollegin. In diesem Moment wusste er, dass sein Tag eine nicht geplante Wendung nehmen würde.

»Bettina braucht deine Hilfe«, sagte Helga, während sie das Telefon mit der Hand abdeckte, »kann sie hier vorbeischauen?«

Günther Düker zögerte. Er hatte eigentlich eine Fahrradtour zum Naturfreundehaus in Obertshausen geplant. Dort gab es nicht nur Naturfreunde, sondern auch Schnitzel natur und ein leckeres naturtrübes Bier. »Sie soll um 12 Uhr ins Naturfreundehaus kommen!«

Helga wunderte sich nicht. Sie wunderte sich über gar nichts mehr, was ihren Mann betraf. Sie berichtete Bettina von Günthers Wunsch und diese akzeptierte. Der Rest des Telefonats handelte nur noch von irgendwelchen Leuten und deren Kindern, Kindeskindern, Onkeln und Tanten. Düker kannte keinen davon.

Er radelte flott, bei mittlerer Anstrengung – für seine Verhältnisse also sehr sportlich – nach Obertshausen in den Rembrücker Weg. Schon von Weitem sah er den blau-weißen Streifenwagen auf dem Parkplatz des Naturfreundehauses stehen. Er freute sich, Bettina Blum wiederzusehen.

»Gibt's was Neues aus dem Revier?«, fragte er grinsend.

»Ja, der Kollege, der deinen Job übernommen hat, fühlt sich damit überfordert, er lässt sich versetzen.«

»Und nun?«

»Ich werd's übernehmen!«

Düker lächelte. »Gute Entscheidung. Gratuliere!«

»Danke! Werde sogar befördert.«

»Aha, Frau Polizeihauptkommissarin …«

»Aber zuvor muss ich noch etwas von dir lernen.«

»So?«

»Wir suchen einen Schläger. Beim Streit um einen Parkplatz hat er gestern Abend um 22 Uhr einen jungen Mann krankenhausreif geschlagen und ist dann abgehauen. Schau mal hier: drei Verdächtige, alle mit einem stichhaltigen Alibi. Aber einer von den dreien muss es gewesen sein!«

»Okay, zeig mal her!«

1. Aussage Kai-Uwe Hopf:

»Ich kann die mir zur Last gelegte Tat nicht begangen haben, da ich zu dieser Zeit das Handball-Länderspiel Deutschland gegen Spanien im Fernsehen angeschaut habe. Meine Frau war auch anwesend. Das Spiel dauerte offiziell bis 22 Uhr, dann entschied der Schiedsrichter aber, wegen der vielen Verletzungsunterbrechungen noch fünf Minuten nachspielen zu lassen. Von meinem Haus bis zu dem Parkplatz brauche ich weitere fünf Minuten. Zum Tatzeitpunkt 22.05 Uhr kann ich also nicht an der Unfallstelle gewesen sein.«

2. Aussage Niklas Heller:

»Ich war das nicht mit der Schlägerei, ehrlich, so einer bin ich nicht. Außerdem, zu dieser Zeit, zehn Uhr abends, da habe ich das Davis-Pokal-Match der deutschen Männer gegen Frankreich im Fernsehen geguckt, das Doppel.

Meine Frau war auch dabei, die können Sie ruhig fragen. Es war total spannend, hat aber lange gedauert, fast bis halb elf, weil es beim Davis Cup ja keinen Tie-Break gibt, immer hin und her ging das, bis Deutschland im entscheidenden Satz endlich 12:10 gewonnen hat.«

3. Aussage Maik Peskovic:

»Nee, nee, ich war das nicht. Hab' bis um zehn das Pokalspiel der Offenbacher Kickers im Fernsehen geschaut. Meine Frau war auch dabei, sie kann das bezeugen. Eigentlich sollte um 22 Uhr Schluss sein, aber nach dem 1:1 gab es Verlängerung, klar, im Pokal muss ja eine Entscheidung fallen. Wir haben das Spiel natürlich bis zu Ende geschaut. Die Kickers haben dann tatsächlich 2:1 gegen Schalke gewonnen, das war toll, na jedenfalls haben wir bis fast 23 Uhr vor dem Fernseher gehockt.«

Düker überlegte.

»Die Frauen haben wir bereits vernommen«, ergänzte Bettina Blum. »Jede von ihnen bestätigte das Alibi ihres Ehemanns. Was machen wir nur? Hast du eine Idee?«

Günther Düker bestellte in aller Ruhe ein Bier und ein Schnitzel sowie ein Wasser für Bettina. Sie wollte nichts essen, wartete ungeduldig darauf, dass ihr ehemaliger Chef endlich etwas von sich gab. Er lächelte. »Ja, ich habe eine Idee. Eine der Frauen hat eine Falschaussage gemacht. Und ich weiß auch welche!«

Welche der Frauen gibt ihrem Ehemann ein falsches Alibi? Frau Hopf, Frau Heller oder Frau Peskovic?

Lösung: 24. Rätsel-Krimi

Das Alibi von Kai-Uwe Hopf ist falsch, denn ein Handballspiel kann – anders als beim Fußball – nicht nach Ermessen des Schiedsrichters verlängert werden. Es dauert immer 2 × 30 Minuten reine Spielzeit. Es kann bei Verletzung zwar mittels Time-out unterbrochen werden, aber nie am Schluss verlängert werden.

25. DER LISTIGE BAUER

Günther Düker saß mit seiner Frau Helga gemütlich beim Frühstück. Düker hatte seinen Teil der Zeitung vor sich auf dem Tisch liegen, während Helga den ihrigen so vor sich hielt, dass er Düker wie ein Schutzwall vorkam. Offensichtlich wollte sie nicht angesprochen werden. Düker war zwar auch kein Freund langer Gespräche zu Tagesbeginn, aber das war selbst ihm zu viel.

»Kann ich bitte noch eine Tasse Kaffee haben?«, fragte er.

»Steht auf dem Tisch, Günther!«, sagte Helga, ohne die Zeitung auch nur einen Zentimeter zu bewegen. »Kommst du genauso gut dran wie ich.«

»Ja, ja!«, brummte Düker. »War ja nur ein Versuch der Kontaktaufnahme.«

Sie antwortete nicht. Er goss ein und trank laut schlürfend. Er wusste genau, dass sie das nicht leiden konnte.

Langsam ließ sie die Zeitung sinken. »Ist das auch so ein Versuch der *Kontaktaufnahme*?«

Er grinste. »Ja.«

»Na gut, irgendwann muss ich es dir ja doch sagen. Hermann Benzler – er wurde wegen Steuerbetrugs angeklagt. Steht hier in der Zeitung, im Dietzenbach-Teil. Ich habe überlegt, ob ich es dir überhaupt sagen soll.«

»Hermann? Mein Kegelbruder Hermann Benzler?«

»Ja. Genau der.«

Günther Düker ließ seine Kaffeetasse sinken. Benzler war derjenige aus dem Kegelclub, mit dem er sich am besten verstand. Mit Edmund ging es so einigermaßen, aber seit der Geschichte mit dem japanischen Koch war er zurückhaltend geworden, fast ein wenig beleidigt. Zu allen anderen unterhielt Düker keinen Kontakt außerhalb der Kegelbahn. Hermann Benzler war Landwirt und besaß im Dietzenbacher Ortsteil Hexenberg einen großen Hof, hinten am Kaupenwiesengraben. Die Dükers kauften gern in seinem Hofladen ein.

»Steht da etwas Näheres?«, fragte er.

»Er wird verdächtigt, gefälschte Rechnungen eingereicht zu haben, die sein zu versteuerndes Einkommen senkten«, sagte Helga.

»Ich fahr mal hin!«, meinte Düker, wohl wissend, dass der Tag eine nicht geplante Wendung nehmen würde.

Seine Frau nickte.

Als Düker auf dem Kaupenwiesenhof ankam, stand Dorothea Benzler im Hofladen hinter der Theke. »Hallo, Günni, was darf's denn sein?«

»Heute nichts, danke, wollte mal mit Hermann sprechen.«

»Ja. Kann mir schon denken, um was es geht.« Sie sah ihn unsicher an. »Er ist im Stall.«

Düker trabte über den Hof. Er öffnete die Tür zum Stall. Die Kühe mampften ruhig vor sich hin, alle hatten eine ordentliche Portion Heu im Futtertrog. Ketten klirrten, weiter hinten hörte er Hammerschläge. Hermann Benzler reparierte den Beschlag einer Holztür. Günther Düker gab ihm ein Zeichen, zu unterbrechen.

»Was ist los?«, fragte Hermann.

»Sei nicht so brummig!«, sagte Düker. »Vielleicht kann ich dir helfen.«

»Wieso? Was meinst du?«

»Das kannst du dir ja wohl denken!«

»Wegen der Steuersache?«

»Ja!«

»Da kann mir keiner helfen!«

Er fuhr fort, an der Holztür zu arbeiten.

»Nun komm schon, du weißt, dass ich Polizist war, vielleicht finde ich etwas, das dir hilft.«

Hermann Benzler überlegte, ohne Düker anzusehen. »Na gut.« Er ließ sein Werkzeug fallen und ging voraus ins Wohnhaus.

»Setz dich in die Küche, du kennst dich ja aus, ich hole die Unterlagen.«

Nach ein paar Minuten kam er mit einem dicken Ordner zurück. »Hier ist alles drin, die gesamten Steuerunterlagen aus dem vorletzten Jahr. Darum geht es.«

»Okay, was sind das für Rechnungen, deren Echtheit angezweifelt wird?«

Benzler blätterte in dem Ordner und zeigte dann auf ein Blatt. »Hier, die zum Beispiel. Ich habe Korn aus Iowa eingeführt.«

Düker sah ihn erstaunt an. »Du kaufst Korn in Amerika? Rechnet sich das?«

»Nein«, sagte Hermann Benzler, »es rechnet sich nicht. Ich habe dort Verwandte, die sind vor dem Zweiten Weltkrieg ausgewandert und betreiben eine große Farm. Sie liefern regelmäßig nach Deutschland und ich sollte etwas abbekommen, hatte eine schlechte Ernte. Nur die Transportkosten waren deutlich höher als veranschlagt, deshalb war es kein gutes Geschäft, und ich wollte den Verlust von der Steuer absetzen. Der Trottel vom Finanzamt glaubt mir aber nicht.«

Düker besah sich die Rechnung. »74 bu corn« waren dort angegeben.

»Hier steht nur ›corn‹, was für eine Art Korn war das denn?«

»Weizen. Meine Weizenernte war schlecht, steht alles da drin.«

»Gut, und was heißt 74 bu?«, fragte Düker weiter.

»Das sind ungefähr zwei Tonnen. Die Abkürzung ›bu‹ steht für ›bushel‹, das ist die amerikanische Mengeneinheit.«

»Gut, ich nehme den Ordner mal mit und sehe alles in Ruhe durch, vielleicht kann ich etwas für dich tun, okay?«

Hermann Benzler nickte.

Düker musste zugeben, dass er mit seiner Selbsteinschätzung manchmal etwas daneben lag, aber in puncto Englischkenntnisse wusste er um seine begrenzten Fähigkeiten. Da holte er sich lieber Rat bei Helga. Er berichtete ihr von dem Gespräch mit Hermann Benzler, gab ihr die Rechnung und bat sie um einen Kommentar.

Nach ausführlicher Prüfung sagte Helga: »Tut mir leid, Günther, aber hier stimmt etwas nicht. Wahrscheinlich hat der Finanzbeamte recht und die Rechnung ist gefälscht. Ich denke, du wirst das dem Finanzamt melden müssen!«

Was ist Helga Düker aufgefallen?

Lösung: 25. Rätsel-Krimi

Im Amerikanischen wird mit »corn« nicht das deutsche Korn bezeichnet, sondern Mais. Dieser Umstand hat bereits nach dem Zweiten Weltkrieg zu Verstimmungen geführt, weil im Rahmen des Marshallplans Mais geliefert wurde statt des von den Deutschen gewünschten Korns. Insofern liegt der Verdacht des Steuerbetrugs durch Hermann Benzler sehr nahe.

26. WHISKY AUS DREIEICH

Günther Düker saß mit seiner Frau Helga gemütlich beim Frühstück. Es war ein herrlich frischer Sommermorgen, noch war es schattig auf der Terrasse, die Vögel zwitscherten. Bis zum Mittag sollte das Thermometer auf 38 Grad steigen. Doch der Sommer war launisch, man wusste nie, ob der Tag eine ungeahnte Wendung nehmen würde.

Gerade als er seine Kaffeetasse zum Mund führen wollte, kam von der Hofeinfahrt her ein sirenenartiger Schrei: »Günniiiii!« Er zuckte zusammen und verbrannte sich die Lippe am heißen Kaffee.

»Günniiiii!« Schon bog Hildegunde Beringer um die Ecke, die Nachbarin von gegenüber. Sie hielt eine Flasche in der Hand.

Günther Düker rannte ins Bad, um die Lippe zu kühlen, Hildegunde war im Begriff, hinterherzugehen, doch Helga hielt ihre Freundin auf. »Gundi, warte, der Günther muss sich eben schnell rasieren, der kommt gleich wieder!«

»Soso ...«, meinte Hildegunde, »mein Hansgerd rasiert sich immer *vor* dem Frühstück!«

Helga verzichtete auf eine Antwort. Sie kannte Hildegundes unverblümte Art und hatte irgendwann beschlossen, diese einfach zu ignorieren. Es stimmte tatsächlich, Hansgerd rasierte sich vor dem Frühstück. Nur das Wörtchen »immer« war fehl am Platz. Denn wenn Hansgerd am Abend zuvor etwas zu tief ins Glas geschaut hatte –

was nicht selten vorkam –, dann rasierte er sich an diesem Tag überhaupt nicht.

Düker kam zurück auf die Terrasse. Sein Kaffeedurst war fürs Erste gestillt. »Was gibt's, Gundi?«

»Ja, weißt du, der Hansgerd, der trinkt gern mal einen …«

»Ja, das weiß ich!«

»… der trinkt ja gern mal einen Whisky, und da hat er die Destillerie in Dreieich entdeckt.«

Düker riss die Augen auf. »Eine Whisky-Destillerie in Dreieich?«

»Ja, ganz neu, hat erst letztes Jahr eröffnet, ein Kurt Maschkoweit ist der Besitzer.«

»Aha. Und was habe ich damit zu tun, Gundi?«

»Nun sei mal nicht so ungeduldig! Hansgerd hat ein super Angebot von Maschkoweit bekommen. Zehn Flaschen Whisky zum Sonderpreis von 33 Euro je Flasche, normalerweise würde die 65 Euro kosten. Nun ist er unsicher, ob er das Geschäft machen soll. Zunächst hat er sich mal eine Probeflasche gekauft.« Damit stellte sie eine Whiskyflasche auf den Tisch.

»Vernünftig. Und? Schmeckt er?«

»Ja, sehr gut. Sagt Hansgerd. Man schmeckt das klare Wasser von der Bieber. Sagt Hansgerd.«

»Von der Bieber?«, fragte Helga. »Meinst du unseren Bach, der von Dreieich bis nach Offenbach rinnt?«

»Genau den meine ich. Die Destillerie befindet sich in Dreieich-Götzenhain, direkt am Bach, kurz hinter der Quelle, da ist noch alles sauber. Bis zum Frühjahr 2013 wurde auf dem Gelände eine Maschinenfabrik betrieben, die hat Pleite gemacht und der Maschkoweit hat das Gelände günstig gekauft.«

Die Dükers sahen sich erstaunt an.

»Und nun«, fuhr Hildegunde fort, »hat Hansgerd den Verdacht, dass da etwas faul ist. Wenn der Whisky wirklich so gut ist, warum verkauft dieser Kurt ihn dann zum halben Preis?«

»Vielleicht hat er deinen Mann gleich als Großabnehmer eingeschätzt«, lachte Düker.

»Na also, Günther!«, tadelte Helga. »Gundi wollte dich doch nur um Rat fragen.«

»Na schön, aber mit Whisky kenne ich mich nicht aus …«

Ein ermahnender Helga-Blick traf ihn.

»Also gut, ich könnte mal meinen Weinhändler Peter Reichard in Offenbach fragen, der ist auch Experte für Whisky.«

»Sehr gut, ich lass dir die Flasche da, vielleicht fällt diesem Peter ja was dazu ein.« Damit verschwand Hildegunde Beringer ebenso schnell, wie sie aufgetaucht war.

Düker sah sich die Whiskyflasche an. »Glen Beaver« stand in geschwungener Schrift auf dem Etikett. »Whisky mit Sherry-Finish, abgefüllt in Dreieich, 2015. 53 Prozent Alkohol. Destillerie Kurt Maschkoweit, Am Kirchborn, Dreieich-Götzenhain.«

Er packte die Flasche in eine Tüte, legte sie in den Kofferraum seines Wagens und machte sich auf den Weg nach Offenbach. Eigentlich lag Düker nicht viel daran, seinem Nachbarn zu helfen. Hansgerd Beringer war kein Typ, mit dem er befreundet sein wollte. Außerdem konnte er es nicht verwinden, dass Hansgerd seinen Namen ohne Bindestrich schrieb. Aber die Frage nach der Echtheit des Whiskys, die interessierte ihn. Am Goetheplatz im Offenbacher Nordend war es nicht leicht, einen Parkplatz zu finden, so fuhr er in das Parkhaus am Kinocenter in der Berliner Straße. Peter Reichard freute sich, ihn zu sehen. Irgendwann werde auch Düker einen guten Whisky zu schätzen wissen, so Reichard, das sei nur eine Frage des Alters. Er hörte sich Dükers Geschichte mitsamt allen Informationen von Hildegunde aufmerksam an.

»Schau dir bitte mal diese Whisky-Flasche an«, sagte Düker. »Mein Nachbar hat den Verdacht, dass da irgendetwas nicht stimmt. Du kannst auch gerne mal einen Probeschluck nehmen.«

Peter Reichard besah sich das Etikett genau. »Okay, Günni, auch ohne zu probieren, kann ich dir Folgendes sagen: Wenn ich alles einbeziehe, was du mir berichtet hast, darf der Inhalt dieser Flasche nicht als Whisky verkauft werden. Das ist Betrug!«

Was ist Peter Reichard aufgefallen?

Da die Maschinenfabrik im Frühjahr 2013 den Betrieb einstellte, konnte Kurt Maschkoweit erst in diesem Jahr anfangen, Whisky zu produzieren. Mit Abfüllungsdatum 2015 wäre die Spirituose erst zwei Jahre alt, maximal zweieinhalb Jahre. Um als Whisky verkauft zu werden, muss diese aber in der gesamten EU mindestens drei Jahre alt sein. Die Aufschrift »Whisky« auf dem Etikett ist also irreführend und kann als Betrug ausgelegt werden.
Übrigens: Die 53 Prozent Alkohol sind kein Hinderungsgrund, die Abfüllung als Whisky zu verkaufen, hier sind mindestens 40 Prozent vorgegeben. Maschkoweit hat in Fassstärke abgefüllt, um den zusätzlichen Arbeitsgang des Verdünnens mit Quellwasser zu umgehen und schneller verkaufen zu können.

Lösung: 26. Rätsel-Krimi

27. DER TANKSTELLENÜBERFALL

Der ehemalige Polizeihauptkommissar Günther Düker saß mit seiner Frau Helga auf der Terrasse bei einem gemütlichen Frühstück. Wie jeden Tag seit seiner Pensionierung.

»Ach, Günther«, seufzte Helga und ließ die Zeitung sinken, »ich finde, die Zeit vergeht so schnell. Bald ist der August schon wieder vorüber!«

»Hmm«, machte Düker und hob seinen Teil der Zeitung ein wenig höher.

»Wir haben nicht mehr viel Zeit, Günther!«

»Ja, Helga!«, brummte Düker und blätterte um auf die Sportseite.

»Wie viel Zeit bleibt uns wohl noch, Günther?«

Er ließ die Zeitung sinken. »Na, der ganze Tag! Oder hast du etwas vor?«

»Nein, ich …«

Es klingelte. Helga stand auf und ging nachdenklich zur Haustür. »Es ist Thomas!«, rief sie.

»Was für ein Thomas?«, brummte Düker.

»Ich bin's!«, sagte Polizeikommissar Thomas Hirzenhain, der bereits in der Terrassentür stand.

Günther Düker stand auf, wobei er mit seinem Bauch beinahe die Kaffeetasse umgestoßen hätte. »Thomas, grüß dich! Wie geht's in Rodgau?«

»Na ja …«

»Setz dich doch!«, sagte Helga.

Hirzenhain nahm Platz. »Ganz gut, nur mit dem neuen

Revierleiter komme ich nicht klar. Er sagt nie genau, was er will. Das war bei dir anders.«

»Hmm«, macht Düker. »Dann musst du eben selbst herausfinden, was richtig ist.«

»Stimmt«, antwortete Thomas, »deswegen bin ich hier!« Er zog einige Papiere aus der Tasche.

»Aha, ich soll dir also dabei helfen?«, fragte Düker.

»So ist es … ich meine … ja bitte!«

»Na gut, mein Junge, um was geht es denn?«

Thomas Hirzenhain begann zu berichten: Vor zwei Wochen, am Samstag, dem 15. August, war um 12.30 Uhr ein Überfall auf eine Tankstelle in Hainburg verübt worden. Die Beute betrug 1.400 Euro. Verdächtigt wurden drei Männer: Gerhard, Sven und Ben Maurer, Vater und zwei Söhne, bereits mehrfach aktenkundig. Ihr Auto wurde vor Ort gesehen, ein Zeuge hatte sich das Kennzeichen notiert. Nun behauptete der Vater, Gerhard Maurer, jemand habe sich das Fahrzeug ausgeliehen. Es stände ja vor ihrem Wohnwagen, sie ließen immer den Schlüssel stecken. »Das Ding könnte jeder gedreht haben!«, so sein Kommentar.

»Was bedeutet das mit dem Wohnwagen?«, fragte Düker.

»Die Familie wohnt in Mainflingen auf dem Campingplatz am See, in zwei alten Wohnwagen, einer für das Ehepaar, einer für die Söhne.«

»Mainflingen, liegt das überhaupt noch in Hessen?«

Hirzenhain lachte. »Ja, gerade so eben. Kurz vor der Landesgrenze.«

»Und was sagt *Frau* Maurer?«

»Sie sagt: Einer von den dreien war's.«

Düker riss die Augen auf. »Was? Sie beschuldigt ihre eigenen Männer?«

»Ja. Ich habe das Gefühl, sie will der ganzen Kleinkriminalität in ihrer Familie ein Ende setzen, wagt es nur nicht, einen der drei direkt zu beschuldigen.«

»Aha.« Düker überlegte. »Was ist mit den Alibis?«

»Hier sind die Aussagen der drei Männer«, antwortete Hirzenhain und reichte Düker eine Akte. »Sie haben alle ein Alibi. Das passt aber überhaupt nicht zu der Zeugenaussage in Hainburg und zur Aussage von Frau Maurer.«

Günther Düker sah die Papiere durch. Aus seiner aktiven Zeit besaß er die nützliche Eigenschaft, innerhalb weniger Minuten die entscheidenden Textpassagen zu finden:

Gerhard Maurer gab an, zur Tatzeit mit einem Kegelbruder in Aschaffenburg einkaufen gewesen zu sein, Jeans, Pullover und ähnliches. Als Beweisstück wurde der Parkschein des Freundes mit Datum und Uhrzeit vorgelegt.

Sven Maurer sagte aus, zur fraglichen Zeit mit einem Klassenkameraden in der Hanauer Innenstadt einkaufen gewesen zu sein, CDs, Videospiele und so weiter. Danach waren sie in einem Bistro, als Beweis wurde der Getränkebon mit Datum und Uhrzeit vorgelegt.

Ben Maurer gab zu Protokoll, mit einem Freund aus dem Sportverein in Seligenstadt einkaufen gewesen zu sein, unter anderem Sweatshirts und Baseballcaps. Danach aßen sie in einem Dönerladen. Die Quittung mit Datum und Uhrzeit liegt vor.

Alle drei Freunde haben die Alibis bestätigt.

»Das sind ja die reinsten Shoppingkings!«, lachte Düker. »Aber der Fall ist ziemlich klar!«

»Was meinst du damit, Günni?«

»Eines der Alibis stimmt nicht, und ich kann dir auch sagen, welches!«

Wessen Alibi ist geplatzt, sodass er unter dringendem Verdacht steht, die Tankstelle überfallen zu haben? Gerhard, Sven oder Ben?

Lösung: 27. Rätsel-Krimi

Die Aussagen der beiden Söhne sind stimmig und können ohne weitere Ermittlungen nicht widerlegt werden. Die Aussage des Vaters Gerhard Maurer hingegen ist eindeutig falsch, denn der 15. August ist in bayerischen Gemeinden mit überwiegend katholischer Bevölkerung ein Feiertag: Maria Himmelfahrt. Zu diesen Gemeinden zählt auch Aschaffenburg. Somit waren die Geschäfte dort geschlossen und das Alibi von Gerhard Maurer ist geplatzt.
Übrigens: Mit seiner Frage »Liegt Mainflingen überhaupt noch in Hessen?« gab Günther Düker schon einen Hinweis in Richtung Bayern.

28. DIE GIERIGE ERBIN

Günther Düker und seine Frau Helga nahmen ein schnelles Frühstück im Stehen ein. Zwei Schluck Kaffee und eine Scheibe Brot, die sich beide teilten. Sie waren in Schwarz gekleidet. Dükers ehemalige Kollegin Bettina Blum hatte ihn gebeten, zur Beerdigung ihrer Großtante zu kommen, die vor vier Tagen überraschend verstorben war. So schnell konnte das Leben eine ungeahnte Wendung nehmen. Düker wusste selbst nicht genau, warum Bettina ihn dabeihaben wollte, aber er hatte nicht gefragt, denn Bettina war seine Lieblingskollegin gewesen, für sie tat er fast alles. Auch Helga mochte sie und ließ keinen Zweifel daran, dass sie mitkommen würde.

Als Günther und Helga Düker auf dem Offenbacher Hauptfriedhof ankamen, sahen sie Bettina vor der Kapelle hin und her laufen. Sie wirkte ziemlich nervös.

»Pass auf, Günni, ich hab so ein komisches Gefühl, ich glaube, da ist etwas nicht mit rechten Dingen zugegangen!«

»Was meinst du? Wobei?«

»Beim Tod von Tante Elsa.«

»Was? Aber sie war doch schon …?«

»… 85 Jahre alt, trotzdem, sie war noch recht fit, bis auf ihr Asthma. Deswegen nahm sie regelmäßig Tabletten.«

»Und was sagt der Arzt?«

»Tod durch Ersticken.«

»Na ja, kein Wunder bei Asthma, oder?«

»Trotzdem, da stimmt was nicht, glaub mir!«

»Und wie ich dich kenne, hast du schon einen Verdacht?«

»Ja, die Brigitte, eine Cousine zweiten Grades. Tante Elsas Enkelin. Sie ist geizig. Und gierig. Sie ist schon seit einer ganzen Woche in Offenbach.«

»Aber Bettina, wer bringt denn seine eigene Oma um?«

»Der traue ich alles zu.«

»Hast du nicht mal erzählt, dass sie sowieso die Alleinerbin ist?«, fragte Düker.

»Ja, klar. Vielleicht hat es ihr zu lange gedauert, sie ist selbstständige Altenpflegerin, ihr Geschäft läuft schlecht. Kein Wunder, wer will sich von der schon pflegen lassen. Dabei führt sie einen recht teuren Lebensstil, besonders Markenklamotten haben es ihr angetan.«

Das Tor zur Kapelle öffnete sich, die wartenden Trauergäste wurden hereingebeten.

»Blond mit spitzer Nase!«, flüsterte Bettina, während sie hineingingen. Der Sarg war über und über mit weißen Blumen geschmückt, ein Foto von Tante Elsa stand davor. Düker hatte sie nicht gekannt, auf dem Bild machte sie jedenfalls einen liebenswürdigen Eindruck. Der Typ nette Oma. Wie konnte man nur … Jeder der Trauergäste zündete eine Kerze an.

Während der Ansprache des Pfarrers hatte Düker genügend Zeit, sich umzusehen. Er fand Brigitte zwei Reihen schräg vor sich. Klein, blond, starrer Blick, spitze Nase, schwarzer Schleier, bloß keine Regung zeigen. Helga gab ihm mit einem Kopfnicken zu verstehen, das auch sie Bettinas Cousine erkannt hatte.

Der Weg zum Grab dauerte rund zehn Minuten. »Die kommt aus Hamburg«, flüsterte Helga.

»Was?« fragte Düker erstaunt.

»Ich habe das eingestickte Logo an ihrem schwarzen Kleid erkannt, stammt von einem Spezialgeschäft für Trauerbekleidung auf dem Jungfernstieg. Ich kenne den Laden, teuer, gute Qualität.«

Sie warfen zwei weiße Rosen ins Grab. Auf dem Rückweg sinnierte Düker eine Weile vor sich hin. Als sie fast am Ausgang des Friedhofs angekommen waren, winkte er Bettina zu sich.

»Deine Cousine kommt aus Hamburg, stimmt's?«

Bettina Blum sah ihn verblüfft an. »Ja, richtig!«

»Du solltest sie vorläufig festnehmen und zum Verhör aufs Revier bringen!«

»Wie bitte? Jetzt … hier, sofort?«

»Jetzt sofort!«

Wodurch kann Düker die gierige Erbin überführen?

Brigitte befindet sich seit »einer ganzen Woche« in Offenbach. Tante Elsa starb vor vier Tagen. Wenn Brigitte die Trauerkleidung schon bei ihrer Abreise aus Hamburg eingepackt hatte, wusste sie bereits drei Tage vor dem Tod ihrer Großmutter, dass diese sterben würde. Das konnte nur die Mörderin wissen.
Im Übrigen: Als Altenpflegerin hat Brigitte eine Mindestkenntnis von Medikamenten. Es wäre also gut möglich, dass sie die Asthmatabletten durch Placebos ersetzt hat. Dies muss natürlich durch weitere Ermittlungen belegt werden.

29. OMA MEIER

Günther Düker saß mit seiner Frau Helga gemütlich beim Frühstück. Er hatte gerade den Lokalteil der Zeitung aufgeschlagen, als sein Blick an einer kurzen Meldung hängenblieb: »17-Jähriger wegen Verdachts auf Ecstasy-Handel festgenommen«. Als er den Vornamen des Verdächtigen las, lies er die Zeitung langsam sinken und sagte: »Helga?«

Sie sah ihn an, als ahnte sie bereits, dass der Tag eine nicht geplante Wendung nehmen würde. »Ja, Günther?«

»Patrick Maximilian M., das ist doch der Enkel von …« Er stockte.

»Von Oma Meier, unserer ehemaligen Nachbarin, warum?«

»Die Kollegen haben ihn festgenommen. Er soll mit Ecstasy gehandelt haben.«

Helga schüttelte unwirsch den Kopf. »Der Patrick hat zwar schon manchen Unsinn gemacht, aber Drogen … nein, das glaube ich nicht!«

»Was meinst du mit Unsinn?«, fragte Düker.

»Na ja, geklaut hat er, Zigaretten, mal ein Fahrrad, Kleinigkeiten eben.«

»Leider bleibt es oft nicht bei solchen harmloseren kriminellen Delikten. Wo wohnt er denn?«

»In Gravenbruch, in den Hochhäusern. Er übernachtet aber manchmal bei seiner Oma in Offenbach, du weißt ja, auf der Rosenhöhe. Seine Eltern sind tot, sind bei einem Verkehrsunfall ums Leben gekommen. Seitdem kümmert sich seine Großmutter um ihn. Sie ist aber schon über 80 und hört schwer. Nicht einfach für sie.«

»Hmm«, machte Düker.

»Rufst du an?«, fragte Helga.

»Natürlich«, antwortete Günther Düker. Er ging ins Büro und wählte die Nummer des 2. Polizeireviers Offenbach.

Niels Conrad meldete sich. »Hallo, Chef!«

»Ich bin nicht mehr dein Chef!«, antwortete Düker lächelnd.

»Doch, das bist du immer noch, für mich jedenfalls.«

»Danke. Niels, kannst du mir einen Gefallen tun?«

»Natürlich, Chef!«

»Schau bitte mal nach, was es Neues im Fall Patrick Maximilian M. gibt.«

»Der Ecstasy-Fall?«

»Genau!«

»Wird erledigt. Ich rufe in zehn Minuten zurück.«

Laut dem Bericht von Niels Conrad sah es gar nicht so schlecht aus für Oma Meiers Enkel. Er sollte am Samstag um 5.40 Uhr auf dem Parkplatz Hainbach an der A 3 bei der Übergabe von Geld und Drogen gesehen worden sein, sein KFZ-Kennzeichen wurde notiert. Doch für diese Zeit hatte er ein Alibi. In der Nacht von Freitag auf Samstag war er bis ungefähr 5 Uhr in verschiedenen Diskos in Frankfurt unterwegs gewesen, war mit der ersten S-Bahn nach Offenbach gefahren und hatte bei seiner Oma übernachtet. Sie bestätigte, dass er um 5.30 Uhr nach Hause gekommen war.

Günther Düker beschloss, der Sache auf den Grund zu gehen. »Ich fahre zu Oma Meier«, rief er in Richtung Helga. »Kommst du mit?«

»Natürlich, ich hole nur eben meine Jacke, draußen ist stürmisches Herbstwetter.«

Eine halbe Stunde später saßen sie bei Oma Meier im Wohnzimmer, zwischen Klöppeldeckchen und Gummibaum. Auf der Rosenhöhe, direkt in der Einflugschneise des Frankfurter Flughafens. Dükers hatten früher in derselben Straße gewohnt und waren dann nach Heusenstamm umgezogen wegen des Fluglärms.

»Wie geht's mit den Ohren?«, fragte Helga. Sie sprach laut.

»Gut, gut!«, rief Oma Meier. »Nachts hab ich immer mein Hörgerät drin, falls mal ein Einbrecher kommt!« Sie lachte schrill. »Aber wenn morgens die Flugzeuge wieder starten und landen, wache ich immer auf und nehme das Hörgerät raus. Dann kann ich noch zwei Stunden schlafen!«

»Gute Taktik!«, lachte Helga. »Manchmal kann es auch nützlich sein, nicht so gut zu hören.«

»Was macht Ihr Enkel denn für Sachen?«, fragte Düker.

»Ach, Patrick!«, rief sie. »Der ist ein guter Junge. Ich habe ihn ja quasi großgezogen nach dem Tod seiner Eltern. Manchmal macht er ein bisschen Blödsinn, es ist schwer für mich, all dem zu folgen … aber mit Drogen hat er nichts zu tun!«

»Tut mir leid, Oma Meier, aber es sieht schlecht aus für ihn.«

Helga sah ihn erstaunt an. »Aber wieso, Günther, er hat doch ein Alibi!«

»Nein, Helga. Sein Alibi ist soeben geplatzt!«

Wie kommt Düker darauf, dass Patrick Maximilian Meier schuldig ist?

Lösung: 29. Rätsel-Krimi

Früh morgens, wenn die Flugzeuge starten und landen, nimmt Oma Meier ihr Hörgerät heraus. Die sogenannte Mediationsnacht endet um 5 Uhr, dann landen die ersten Maschinen. Jedenfalls bei Westwind (stürmisches Herbstwetter ...). Sie kann also nicht gehört haben, dass ihr Enkel um 5.30 Uhr nach Hause kam.

30. DÜKER UND DIE KRIMIAUTORIN

Günther Düker saß mit seiner Frau Helga gemütlich beim Frühstück, als diese aufsah und fragte: »Hast du heute Abend schon etwas vor?«

»Nein, Helga.«

»Dann lass uns zu einer Krimilesung gehen, hier in Heusenstamm, im Haus der Stadtgeschichte.«

Düker war von seiner Frau einiges gewöhnt, aber mit solch einer absurden Wendung seines geplanten Tagesablaufs hatte er nicht gerechnet. »Eine Krimilesung?« Er schnappte nach Luft. »Nee, nee, das ist nichts für mich. Was die Schreiberlinge sich da oft ausdenken, das hat mit echter Polizeiarbeit nichts zu tun.«

»Na ja, schließlich können sie nicht eure langweilige Aktenarbeit beschreiben, das Buch würde ja kein Mensch kaufen!«

»Hmm …«, brummte er.

»Anita Fellner, so heißt die Krimiautorin. Sagt dir das nichts?«

»Nein.«

»Die wohnt jetzt in Berlin, stammt aber aus Heusenstamm. Da müssen wir hin!«

»Helga, bitte!«

»Aber Günther, erst vor zwei Wochen ist ihr Mann gestorben und trotzdem kommt sie zur Lesung in ihre Heimatstadt!«

»Echt? Also gut …«
Helga Düker lächelte.

Der kleine Park vor dem Haus der Stadtgeschichte lag voller Laub, das der Herbstwind kräftig durcheinanderwirbelte. Günther Düker hielt seinen Kragen zu, er fror. »Woran ist Herr Fellner eigentlich gestorben«, fragte er.

»Er fiel vor zwei Wochen die Treppe hinunter«, antwortete Helga. »Im eigenen Haus, Genickbruch. Aber ehrlich gesagt, um den ist es nicht schade, er hat seine Frau mehrfach betrogen.«

»Stand das alles in der Zeitung?«

»Ja, das meiste. Den Rest habe ich aus dem Silbernen Blatt. Beim Frauenarzt, im Wartezimmer.«

Das Haus der Stadtgeschichte war hell erleuchtet, der Schein von Neonlampen fiel auf den Rasen. Überall standen Menschen mit Weingläsern in der einen und Schnittchen in der anderen Hand. Sie redeten, gestikulierten und lachten. Einige kannte Düker. Er schob seinen kräftigen Körper durch die Menge in Richtung Getränkeausschank und holte sich eine Flasche Bier. Anita Fellner stand inmitten ihrer Fans. Sie trug einen dunkelroten Hosenanzug und ein grün-weiß gestreiftes Halstuch. Zufällig trafen sich ihre Blicke, quer durch die Menschenmenge, so wie sich die Leuchtkegel zweier Taschenlampen absichtslos in der Nacht berührten. Jetzt wusste er, wer Anita war. Damals, als sie noch Anita Müller hieß, hatte sie in der Schule drei Jahre neben ihm gesessen. Er winkte ihr zu, sie winkte vorsichtig zurück, unsicher, ob er es tatsächlich war, der kleine, dünne Günther aus der Schule.

Dann begann die Lesung. Es ging um ein schwules Paar, das sich ein Kind wünschte, und weil die beiden natürlich keins bekommen konnten, einen fremden Säugling entführten. Düker schüttelte den Kopf. Er konnte dem Thema nichts abgewinnen. Nach der Lesung wurden noch Fragen gestellt, wie lange Anita Fellner an einem Roman schreibe zum Beispiel. Fast zwei Jahre, antwortete sie. Seit wann das neue Buch schon im Handel sei, wurde gefragt. Seit vier Wochen, antwortete die Verlegerin, die der Autorin zur Seite stand.

Helga ging zum Büchertisch, sie wollte unbedingt ein Exemplar kaufen und von der Autorin signieren lassen. Düker konnte sie nicht davon abhalten. Als Helga zurückkam, zeigte sie ihm stolz das Buch, die Signatur und ganz hinten die Widmung. »Schau nur, Günther, was hier steht: ›In Erinnerung an meinen leider viel zu früh verstorbenen Mann Hans Fellner‹. Ist das nicht rührend?«

Düker nickte. Ja, das stimmt, dachte er, viel zu früh.

Dann ging er auf die Autorin zu. »Anita Fellner, ich muss dich leider bitten, mitzukommen. Du wirst verdächtigt, deinen Ehemann getötet zu haben!«

Wie kommt Düker darauf, dass Anita ihren Mann umgebracht hat?

Lösung: 30. Rätsel-Krimi

Da Hans Fellner vor zwei Wochen verstarb, konnte seine Frau vor vier Wochen, dem Erscheinungsdatum des Buchs, noch nichts von seinem Tod wissen. Es sei denn, sie hatte seinen Tod zu dieser Zeit bereits geplant. Aus Hans Fellners zahlreichen Frauengeschichten ergibt sich ein veritables Motiv, und mit dem häuslichen Unfall liegt der Verdacht nahe, dass Anita Fellner ihren Mann die Treppe hinuntergestoßen hat.

Weitere Krimis finden Sie auf den folgenden Seiten und im Internet:

WWW.GMEINER-SPANNUNG.DE

Das Neueste aus der Gmeiner-Bibliothek

Unser Lesermagazin

Bestellen Sie das kostenlose Krimi-Journal in Ihrer Buchhandlung oder unter www.gmeiner-verlag.de

Informieren Sie sich …

www … auf unserer Homepage:
www.gmeiner-verlag.de

@ … über unseren Newsletter:
Melden Sie sich für unseren Newsletter an unter www.gmeiner-verlag.de/newsletter

f … werden Sie Fan auf Facebook:
www.facebook.com/gmeiner.verlag

Mitmachen und gewinnen!

Schicken Sie uns Ihre Meinung zu unseren Büchern per Mail an gewinnspiel@gmeiner-verlag.de und nehmen Sie automatisch an unserem Jahresgewinnspiel mit »mörderisch guten« Preisen teil!

GMEINER SPANNUNG